一座城市和4次搬迁

花甲过后的儿时记忆

于学军 ◎著

人民东方出版传媒
東方出版社

图书在版编目（CIP）数据

一座城市和 4 次搬迁：花甲过后的儿时记忆 / 于学军 著 . —北京：东方出版社，2022.1
ISBN 978-7-5207-2437-1

Ⅰ . ①一…　Ⅱ . ①于…　Ⅲ . ①纪实文学－中国－当代　Ⅳ . ① I25

中国版本图书馆 CIP 数据核字（2021）第 256182 号

一座城市和 4 次搬迁：花甲过后的儿时记忆
（YI ZUO CHENGSHI HE 4 CI BANQIAN:HUAJIA GUOHOU DE ERSHI JIYI）

作　　者：于学军
责任编辑：辛春来
出　　版：东方出版社
发　　行：人民东方出版传媒有限公司
地　　址：北京市西城区北三环中路 6 号
邮　　编：100120
印　　刷：北京文昌阁彩色印刷有限责任公司
版　　次：2022 年 1 月第 1 版
印　　次：2022 年 1 月第 1 次印刷
开　　本：710 毫米 ×1000 毫米　1/16
印　　张：6.5
字　　数：130 千字
书　　号：ISBN 978-7-5207-2437-1
定　　价：38.00 元
发行电话：（010）85924663　85924644　85924641

CONTENTS 目录

常听人讲，小孩子在四岁之前没有记忆。回头想想，好像的确如此，我们大抵记不住四岁之前的事情。并且，我感到记忆好像是灰色的，有点像褪了色的黑白老照片。

一、旧城大召前街11号院

1958年秋天，我出生于呼和浩特市旧城大召前街11号，这是一栋由砖瓦房构成的大院子。院子处于大街东侧，院门朝西，主要由一北一南两排平房组成，每侧各有7—8间，北边的正房窗户向阳，房间宽大，建筑在一个高于地面约80厘米的平台上，踏三层台阶才可上来；平台约有2米宽，由青砖铺成，头顶上边则被房檐覆盖，当年这叫厅子房；房间窗户全部是玻璃，宽大敞亮。南房背阴，又比正房明显“矮一头”，窗户很小，并且只有下半部分是一排方形玻璃，上半部分则是用麻纸糊裱起来的“纸窗户”，所以住南房的人家都很羡慕住正房的人家。

一看便知，旧社会这是个大户人家，主人住正房，下人住在南房。

有一天晚上，母亲带着小妹妹芳芳去大召前街的一家小医院看病，我和大妹妹英英留在家里等候，自己感到有点害怕，就把门插上，没过多久我们都睡着了，待他们回来从外边敲门却怎么也唤不醒我们，就把上边的窗户纸撕开一个方格，用一根长木杆子伸进来把我捅醒。第二天她们和我说起头天夜里发生的事来，我却一点印象也没有，根本不相信那是真的，直到母亲指着窗户上那个堵着毛巾的小口子让我看，还让我出门到窗户前看看捅醒我的那根长木杆儿，我才相信了。她们说，我

大召前街 11 号院（共和医院）

当时是从炕上跳下来开门的，然后上炕倒头又睡着了。

院门庭北侧的小门房，也住着一户人家，只有父子两人，父亲挑着一副担子卖货，俗称“货郎担”，供儿子上学。儿子比我大几岁，名叫铁林，总穿一身破旧的黑布衣服，十分憨厚的样子。没有妈的孩子，院里的大人们总说他可怜。他们家做什么饭、怎么吃饭、躺在哪儿睡觉等，大家都能尽收眼底，所以在院里基本上都是透明的。

院子东边也有孤零零的两间房，住着一位 50 多岁的陈姓女人，大家都叫她陈老师。她衣着整洁，总是黑灰色调，平时很少见她走到院子里像别人那样唠家常，的确像个知识分子。并且，她好像身体较差，总是眉头紧锁，走路也比较缓慢，一副病病歪歪的样子。她的窗前十分避静，家长们常叮嘱我们：陈老师怕吵，一吵醒就睡不好觉。要求我们到她家门前时一定不能大声说话。因此，每当我们经过她家上房后的厕所时，就蹑手蹑脚地小心走过。

北边高大的正房中，居中住着一户重要人家，大约占去其中的 4—5 间房。主人姓何，当时有 50 多岁，是（呼和浩特）市立医院的大夫，所以院子里的人都称他为何大夫。据说，当时他是呼和浩特市很有名的儿科医生。

何大夫从不在外面驻足，也不知道他什么时间出去，又何时回来；连他走路的样子，我印象中都没有见过。下班以后，他好像总是一个人待在屋子里，人们很少有机会见到他，感觉像个影子一样。并且，他的名声很大，在我的心目中十分严肃和威严，我似乎从来不敢正面看他一眼。只是有一次，我不知得了一种什么病（记不清了），总也不见好转，母亲心里有些着急，院里的人就说："近水楼台先得月"，应当去找何大夫给看看。有一天，趁他休息在家的时候，母亲就很不好意思地领着我走进他们家的门，我感到很害臊或羞怯，待了很短的时间便匆匆出来。这可能是我唯一进过他们家的一次。母亲为此也常说我：看你没出息的样子！

那时，我总是洗不干净脸和手，经常脖子也是黑的，别人就说我的手脏得像车轴一样。我很怕被人说这句话，感到自惭

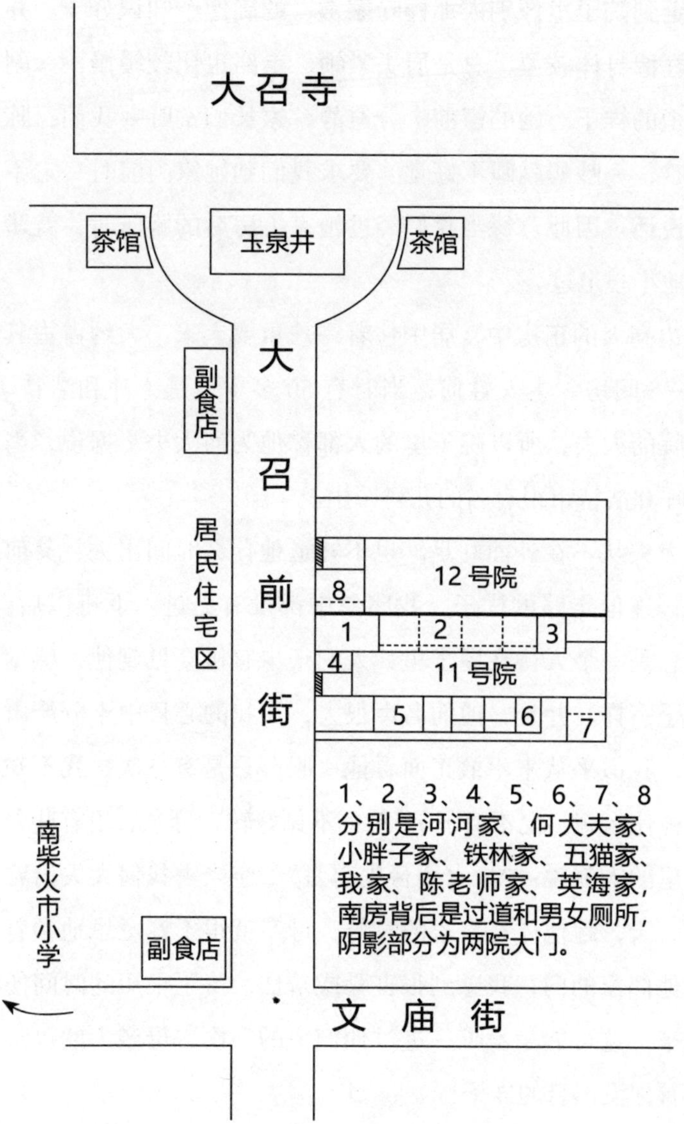
大召寺
茶馆
玉泉井
茶馆
北
副食店
大召前街
居民住宅区
12 号院
8
1
2
3
4
11 号院
5
6
7
1、2、3、4、5、6、7、8 分别是河河家、何大夫家、小胖子家、铁林家、五猫家、我家、陈老师家、英海家，南房背后是过道和男女厕所，阴影部分为两院大门。
南柴火市小学
副食店
文庙街

形秽。所以，越是这样，越怕见到手洗得干干净净、穿白大褂的人，对比之下更感到自己无地自容。

据说，何大夫当年每月的工资可以挣到 120 元，大约相当于普通人工资的 3—4 倍，是超乎人们想象的高工资，不仅令院里的人艳羡不已，而且在整个大召前街也十分出名。再加上他们家的房子又大又多又好，还有四个孩子，年龄最小的也比我大，穿的衣服既讲究又干净，所以他们家在院子里就显得格外富有、高贵，是整个院子的中心和主宰。

何大夫的夫人好像是大召前街另一家小医院的护士长，身材瘦小，经常穿一身天蓝色制服，一双坡跟皮鞋，还骑一辆绿色的坤车，这种装束和配置在那个年代极为罕见。她经常出现在门前的台阶上，向孩子们或院子里的什么人指手画脚，发号施令，有种发自内心的傲视和趾高气扬的气质。

四个孩子两男两女，最小的叫菊菊，比我大 1 岁，应当是 1957 年出生，是一个既漂亮又高傲的姑娘。上学后她很快就成为班里的中队长或大队长什么的，袖子上开始戴了一个白底红字的一道杠，以后又增加到两道杠，还说很快就会到三道杠，令我们羡慕不已。

他们家的孩子很少和我们混在一起玩耍，也从不让我们到他们家去，所以我始终不知道他们家里是什么样的，谁住在哪个屋子，在哪儿睡觉。被孩子的好奇心驱使，偶尔从他们家窗前经过时，就偷偷地向里边窥探一眼，只见屋里黑乎乎的，好像什么也看不见。

传说，年轻时何大夫曾留学日本学医，他们家在解放前就开起私立医院，我们住的这座院子就是他们家所建，叫共和医院。的确，只见院门上方宽敞的青砖上，隐约还刻着“共和医院”四个大字。

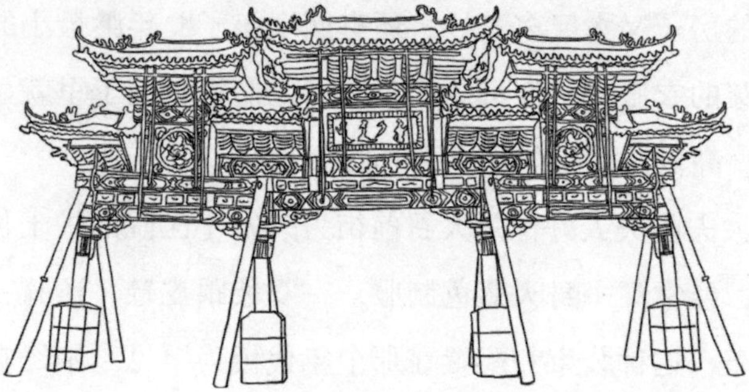

大召寺牌楼

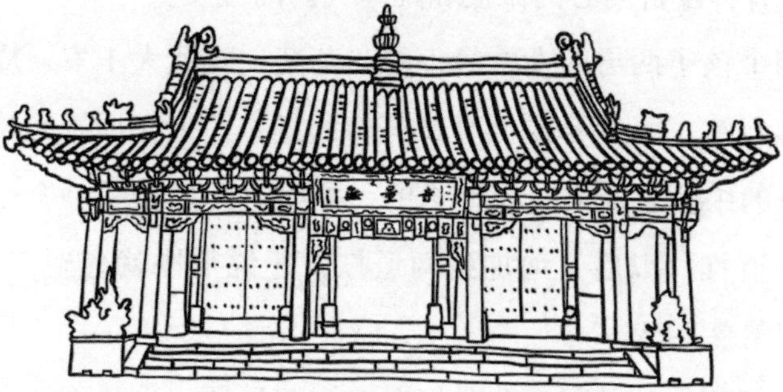

大召寺

院门前的大召前街，那时在旧城颇为出名。大街并不长，大约只有一里，南北走向，由小石头铺成。向北直接对着著名的大召寺，相信大召前街的街名，即由此而来。寺院门前的街道向两边扩宽、叉开，中间形成一块场地，场地的中央有一片青石垒起的平台，近一米高，当中有几口水井，这就是有名的玉泉井（旧城所处的玉泉区，应当就是由此得名）。人们用一根粗麻绳拴一个水斗，从几个井口吊下去打水。传说玉泉井的水特别好喝，有点甜，所以每天有几个老汉专门挑着水卖给大召前街的住户，记得是一担水一毛钱。我们经常会小心谨慎地走到井边，有点紧张地探头向下窥视。井很宽大，上边的几个井口相互联通，下边是一口大井（即一口大井，有几个相通的井口），由青石砌成，井底四周有泉水不住地涌出，清澈见底。也许就是因为玉泉井的水好喝，所以在两边的街道上还开了好几家茶馆，经常有人在四方桌边品茗聊天。

九边第一泉

解放以后私立医院被取缔了，所以何大夫家的共和医院也就被政府没收并改造成为一个由房产部门管理的住宅大院。院子里的住户，除了正房的何大夫一家是老房东外，南房里还住着何夫人姐姐家的一大家人，这两家应属于原住户；她姐姐家光男孩就有五个，最小的叫五猫，比我约大 5—6 岁；其他人家都是从房产管理处寻房搬来的新住户，时间有早有晚，并不需要特别的关系、条件等。那时的房租也很便宜，我们家住在南房最靠东的一间小房里，每月只需交 1.8 元。

正房除了何大夫家之外，最靠东的一间房里住着一个单身男人，也姓何，据说是何大夫家的叔伯亲戚；他 20 多岁，身体微胖，院里的人都管他叫小胖子。在我的记忆中，小胖子有一个突出的毛病，就是成年人也尿床，所以他家窗户前两根柱子上拉起的那条担衣绳上经常看到有尿湿的被褥担出来晾晒。而每当这时，院里的人就会抿着嘴偷乐，并窃窃私语：昨夜小胖子又尿床了。大人们怕小孩儿尿床，还常拿小胖子吓唬我们，说：晚上睡觉要惦记着上厕所、夹紧，不能尿床，不然长大后就会像小胖子一样；大人尿床，那可是件非常丢人现眼的事！这对我们的确有很大的警示作用，我总是担心夜里尿床，害怕长大后真的成为小胖子那样。再一个记忆，就是小胖子有一双皮鞋，他有事没事就喜欢坐在窗户前擦拭，把那双皮鞋总是擦得油光锃亮。而那个年代很少有人有皮鞋，全院子里的男人中我也唯有见他一个人穿过。

正房的最西端住着一户张姓人家（唯一的非何姓住户），

父母是解放前从河北做生意来的外路人，院里的人都叫他们“侉子”，称他们家为“侉子家”。他们家有三个男孩子，老大是个瘸子，一只腿只能脚尖着地，瘸得很厉害，还有一只胳膊也是扭曲的；他的小名叫河河，但一般情况下人们都叫他“拐子”。老二叫建建，比我大一岁左右，与菊菊同龄，个头也较高。老三叫韦韦，比我小 2—3 岁，个头比我低不少。河河比我们大好几岁，传说是父母早期不能生育，他是专门抱养来的孩子；但以后又能够生育了，于是才有了建建、韦韦两兄弟。

说起河河，经常想起来小时候听到的一句顺口溜，叫作“斜眼歪嘴纥缭腿”。听母亲讲，正因为河河是抱养来的，又残疾严重，所以父母从小就特别娇惯他，养得又懒又馋，还经常偷家里的钱自己悄悄去花。有一次我姥姥住在我们家里时，从窗户上看到他撅着屁股把一些什么东西藏在院子里的一块砖头下面，就赶紧说快去看看吧，河河可能又偷他们家的钱了；趁他走出大门之后，姥姥走过去掀起砖头一看，果然是把钱藏在下边了。

河河他们的父亲做生意，解放前应当挣过一些钱，解放后划成分时被定为小资本家，“文革”期间因此还在胸前挂上一个“资本家”的牌子，站在街边被批斗。公私合营之后，他就在大南街与大西街交会处的四联商场卖布，常常面带微笑，拿一把尺子，丈量、撕布等，动作十分娴熟。

他们的母亲是一个裁缝，也在一家合作社工作，踏缝纫机扎起布来十分利落，周围不少人家都找上门来请她剪裁、制作衣服等，大家对她的缝纫技术很是羡慕。

因他们家是“双职工”，收入自然高，所以生活相对宽松不少。从现象来看，他们家好像手头从不缺钱，甚至不计其数，郭姨（河河母亲姓）的裤子口袋里总是装着钱，随掏随有，不少街坊邻里周转不开时，也常来找他们家借点钱。因此，这也为河河经常偷家里的钱创造了可乘之机。

有一次快到月末时，我们家压在钟表下面仅剩的 3 元钱不翼而飞，母亲十分着急，翻箱倒柜好几遍，就是哪儿也找不到。在那时，这可是件大事情，因为父亲每月能够给全家寄来的生活费只有二十几元，每到月末一般仅剩几元几角，一分钱恨不得掰成两半花。母亲说，当时社会上每人每月的生活费标准，也只有 8 元；学徒工起薪为 18 元，是全国的统一标准。

彻底找寻好几遍之后，母亲相信这钱肯定是没有了，并怀疑十有八九是被河河偷走的。一是因为他好偷成性，二是那一阵子也只有他来过我们家里。母亲就把猜疑和院子里的一个邻居老太太说了，她也认为一定是河河所为。几天来正在大家对这事的议论之中，有一次母亲在街上迎面碰到河河，他背着书包正准备去上学，不期而遇使他很不自然，慌忙掉头一瘸一拐地向北走去（学校在南边，应向南走），还不停地回过头向后张望。母亲更加怀疑，急忙回到院里把这个紧急情况向那位老太太报告，老太太就让母亲不失时机地赶快去追查，不要顾及其他。于是，母亲又匆匆走出院门跟着河河向北追去。河河看母亲进了院子又返身出来追他，更显紧张，慌不择路地拐进路边一座叫“南巷”的小院子。

院里正好有几个街道办事处的学员认识母亲，那时街道上举办识字班，母亲给他们上过课。他们问老师是来干什么的，母亲就说明来意。还未等把情况讲完，几个学员就动起手来，立刻把藏在门后的河河揪出来，接着便从他的口袋里搜出两块多钱（已花掉了一部分）。河河早已慌了神，耷拉着脑袋赶快承认，并再三央求别把这事告诉他父母。

母亲后来常说：到底是孩子，终究沉不住气；自偷了钱之后，她就明显感觉河河哪儿不对劲，见到她总是想要躲闪的样子。母亲的确不打算把这件事告诉他的父母，怕他挨打。但有一天她从外边回到院子里时，却听到河河的父亲正在家里打他，原因便是偷了我们家的钱。而告诉他父亲的正是我。母亲说：河河从小就不听话，毛病很多，所以经常被他父亲打骂，管教不可谓不严，但他却常打常犯，屡教不改。当然，那时我只有几岁，并不懂事，也无记忆，这些都是后来听母亲讲起的往事。

我们家的室内大约只有 9 平方米，是院子里最小的一间房。据说，解放前这原本是共和医院的一个洗澡堂。木头门窗，进门直对着一个小灶台，并连着后炕；地面很小，只能站立一两个人。当地对此有种说法，叫作“进门就上炕”。母亲说，家里只要有人干活，坐下来就会将整个地面占满。

炕的侧面还留出来一米左右的空隙，把一个陈旧的红漆大木柜靠着墙嵌放进去，严丝合缝。而那个落地大卧柜，是全家最重要的家当或叫作“大件”。我从未问过大召前街的旧家为何正好把那个大木柜放置其中，后来父亲告诉我，那个卧柜是花19元从别人家里买来的，正好放置在那个间隙中，的确是个巧合。

从我记事起，住在这间小屋中的人，主要是母亲和我，后来又增加了两个妹妹；有时姥姥来住一段时间，父亲放假回来住一个假期。家里也时常有亲戚从农村来，自然就没有地方睡觉；这时母亲就会在那个大卧柜上铺一床被褥，我就上下来回睡，感觉很好玩。而且，小孩子特别喜欢家里有人来，睡在木柜上感觉挺新鲜，特别香甜。农村的亲戚们都知道我们家特别小，经常听他们说的一句话是：看你们城市里住的房子，简直只有巴掌大。

父亲那时在外地工作，我只知道是一个叫“伊盟”的地方。长大后才弄明白，那个地方叫伊克昭盟，就是后来十分发达并更名为鄂尔多斯市的地方。因父亲常年在外地工作，距离遥远，那时交通又非常不便，所以每年除了假期能够回来小住一段时间之外，平时并不相见。

在我们家门偏东的斜对面，院中有一口洋井，或者叫压水井。洋井由生铁铸成，有一米多高，井中的一个斗子用于抽水；外边是一个铁把手，一上一下，压得叫起来时就可以从地下抽上水来，俗称“压洋井”，全院的饮用水就取自这口井。孩童时经常感到这个东西很奇特，现在想起来其实很简单，就相当于后来我们在油田上常见的石油开采机，也被称为“磕头机”。

这洋井虽神奇，但冬天却容易冻冰，一旦冻起来全院人就无处取水，轻则需要提着暖水瓶浇开水，直到把冰冻化开，那时就看到白色的热蒸汽从洋井上升腾起来；重则会将洋井彻底冻死，这时靠暖水瓶浇开水已经无法解冻，就需要抱一些木柴、煤炭围在井边烤，直到化开能够叫起来为止。因此，冬天一旦叫起洋井压水时，各家各户都得准备好水桶，赶快集中起来取水，不能停下来；等大家把水取完之后，水缸中都盛满水，才把洋井泄掉，并把那个抽水的斗子取出来，以防它再被冻住。所以，那时每家每户都有一个陶瓷大水缸用于储水。令我感到新奇的是，河河家的水缸里总养着 2—3 条约三寸长的鲤鱼，常吸引我们扒在缸口观看。有一年冬天太冷了，家家户户的水缸里被冻上厚厚的一层冰，我猜想这下河河家的鲤鱼应该被冻死了；但专门去看时，发现它们仍在冰下的水里照常游动，为此我感到很神奇。

洋井距离我们家有十米左右，我出门后经常走到井边玩耍，但一到冬天却几次受到过它的伤害。因为那个年代，呼和浩特的冬天特别寒冷，感觉就是一个冰凉的世界，我们穿的都是很厚的棉衣服，头上戴着大棉帽、脚穿纳底的灯芯绒棉鞋；但即使如此，手和脚也经常会被冻伤，又红又肿，痛痒难熬。每次被冻伤，母亲就找来一些茄子的干枯根茎，烧一锅开水将其泡在脸盆里，然后让我在热水中泡脚，据说这样可以治疗冻伤。但是否真能起作用？我始终并无多少感觉。

那时小孩子都喜欢玩冰玩雪，看见有干净的冰块就敲打下来，含在嘴里吸吮。冬天上冻之后，洋井生铁上边的水就结成了冰。我从家里出来看到这些结冰，常用手掰下来吃，掰不动时就用嘴去啃；不是很冻的时候，尤其是晌午，就会把那冰化开、咬下来，很凉爽，嘴里有种甜丝丝的感觉。而随着天气越来越冷，尤其是早晨起来特别冻，我径直走到洋井边张开嘴用牙去咬时，那洋井就会像磁铁一样，一下子把我的嘴唇粘住，并越粘越紧；这时心里一急，瞬间赶紧硬扯，嘴唇的肉便被撕下两个白条，粘在冰冷的生铁上，而嘴上则鲜血直流，钻心地疼痛。

这样的事情不只发生过一次，次年还会重复，教训深刻。当然，后来渐渐长大，也长了记性，这类蠢事也就不会再干了。

我们院里的甬道由青砖铺成，从东到西直对着大门，大约有一米多宽；两侧又有小通道铺到每家每户的门口。每到春季来临时，何大夫一家就会组织院里的大人们，在甬道两边开挖出半米多宽的土地，种上各种花草；随着夏天的到来，就会开满各样花朵，五颜六色，绚丽缤纷，经常引来院里院外的人驻足观赏。而在这些花草未长出之前，大人小孩都十分关心其生长，经常浇点水，关注是否发芽吐绿。一旦有某片土层被顶起来，看到细小的花草长出嫩芽，人们就很高兴，大人的脸上挂起笑容，小孩子甚至有些兴奋不已，相互奔走相告，吸引更多的人过来察看。

进院走过门庭，主甬道南边、靠近院门的地方，有一口很大的地窖，窖口有一米见方，平时由一条条厚厚的木板盖着，窖里面专门存放着几大盆石榴树；每到春季天气暖和时，就由何大夫家的人指挥着，找几个壮小伙下到窖里，花力气把石榴树小心翼翼地抬出来，沿着甬道北侧，摆放在院子的正中央，生长、开花、结果，十分漂亮、高贵、珍稀。那叶子是长条形的，开小红花，未等花瓣完全舒展开来就开始结果；眼看着果实一天天长大，由绿变黄，成熟后有拳头大小，前边开一个小口子。我经常感到垂涎欲滴，嘴里有种酸酸的味觉；但母亲总让我离那些石榴树远点，可能是怕有瓜田李下之嫌。的确，地处寒冷地区的呼和浩特市，本来生长不了石榴树一类的偏暖植物，所以必须设置地窖才可过冬。因此，每到秋天渐渐转凉、树叶变黄变疏，把结着的石榴采摘掉，就会由那几个小伙子抬着，再小心地把石榴树放回窖里。在那个年代，这是我唯一见过的石榴树，所以在我的脑海中留下很深的印象。

雨季来临时，院里潮湿了许多；尤其是下大雨，雨点哗哗啦啦打在瓦房顶上、石榴树上、花草上和地面上，到处白茫茫的一片，水雾迷蒙。雨水汇集到南房一侧的窗户前，形成一股自东向西的溪流，最后流到门庭下的一个暗水道中，从院门南边的一个砖雕出水口流到大街上。

冬天总要下几场雪，雪大时会把门窗都堵起来，变成一个银白世界。看到这个景色，大人小孩儿都十分高兴，我们就滚雪球、打雪仗，玩耍好几天。冰雪融化时，地面上到处是泥水，我们穿的布棉鞋就很容易被湿透并沾上不少泥，脚往往被浸泡得又湿又红。母亲一边责备我走路不注意，并啧叹小孩子怎么不怕脚下的湿冷；一边把鞋脱下来放在火炉边设法尽快烤干。

二、童年的小伙伴

我童年时期的玩伴主要是河河家的兄弟三人。河河比我们大不少，天天都能见到面，但很少直接参与我们的玩耍；而且，我从不知道他每天干些什么，或者常跟谁在一起，感到有些诡异。所以，平时主要是我和建建、韦韦在一起玩耍。我们家因为太小，根本容不下外人进来，所以大部分的时候都是我到他们家去玩。

他们家是敞开的两间房，每月的房租是 3 元整。我们一方面羡慕他们家的房子那么大，另一方面又觉得房租太贵了，我们家也缴不起。正门进屋的西侧是一盘大炕（当地叫“顺山炕”），地面很大，对着门靠后墙摆着一张八仙桌，桌子旁边放了两把带弯曲扶手的太师椅。家具都是黑乎乎的，说明已年代久远。河河的父母都十分和蔼善良，似乎也很喜欢孩子。我来玩时，他父亲就坐在左边的那张太师椅上，常面带笑容，一边喝砖茶，一边看着我们玩一些小把戏，也不知搞什么。有时直到晚上，母亲叫几次才能把我领回自己的家里。

长大一些的时候，我们开始玩飞行棋、斗兽棋等，就是在一张花花绿绿的图纸上，每人掷一次“骰子”，六面六个数字，掷到几就走几步，最后看谁最先走到终点，觉得很好玩。后来又开始在他们家的炕上学打扑克，还引来院里的其他小孩儿一起参加，大家围坐成一圈儿，很是热闹。

隔壁何大夫家的二儿子叫平文，比我们大几岁，有时他也过来参加。他的牌打得最好，经常在背后指导我们怎么出牌，按他的指点，一般总能赢。我最早就是从他那里学会很多打扑克的技巧。母亲说：因为家里有钱，何大夫家的孩子都很傲气，看不起院里的其他人，只有平文相对好一些。

建建很会玩耍，经常能学一些新玩意儿，总是很自信并可引领新潮流。春天我们放风筝，牵着一条线，在院子里跑东跑西。风筝放起来时就飞过房顶，越放越高，引来不少大人小孩儿驻足观看。但风向和强弱经常并不稳定，失去控制时风筝就会掉下来，挂在院外的电线杆上，或掉进别的院子中，这时我们就得赶紧收线，并急忙循着风筝掉落的方向跑出去寻找，害怕被别人先发现了悄悄收走。那时风筝线也很珍贵，经常会被别人截去一段。

建建做风筝很有心得，也很会放，经常放得很高，飞在天空中只有一点点。那时我们做的风筝都非常简单，先用从旧门帘上拆下来的细竹条二横一竖搭个架构，用线扎紧，然后把麻纸糊上去，下边再拖一个纸糊的尾巴。

风筝能否放飞，关键在于会拴“天线”，实际上就是上下两点控制风筝角度和姿态的线；其次是由细竹条搭成的骨架，无论是横向还是竖向，必须是按着竹条的自然弯曲方向一致起来，并使弧面向下；弧面不能背天向上，否则风筝就很容易向前栽跟头，经常一下子从天空中掉下来。另外就是两边要对称，轻重相同。许多小孩儿不会做风筝或者放不起来，主要就是这两个原因。

建建很懂这些，并把经验传授给我们。因此，我从小也很会做风筝，无论后来我们家搬到哪里，每到放风筝的季节我都会给院里的小朋友做很多风筝，基本上做一个成一个。并且，随着年龄的增大，我做的风筝也越来越好，照着样子做出过蝴蝶风筝；看着一本电影画报还做过一个孙悟空风筝，约有一米多高。这类风筝均用颜料画出彩绘，所有人看见了都感到眼前一亮，觉得很漂亮，很新奇，令人惊讶。

每到夏秋是逮蛐蛐、斗蛐蛐的大好时节。凡是家里有小孩儿的，都会糊几个蛐蛐盒，大街小巷到处都有围在一起斗蛐蛐的场景，蛐蛐的鸣叫声自然此起彼伏。我们院子的门庭有阴凉儿，夏天什么时候都不感到炎热，所以院里院外的孩子就常围坐在院门的台阶上斗蛐蛐。那时在旧城斗蛐蛐最有名的地方叫九龙湾，听说最厉害的蛐蛐都是拿到那里一决雌雄。但我太小，心虽向往，却从未去见识过。

建建也很会糊蛐蛐盒，是用硬纸壳做一个长方形的套子和一个稍小一点儿的盒子，套子上粘一块大小合适的玻璃，盒子可以推拉开，蛐蛐就关在里边；斗蛐蛐时各自先把蛐蛐取出来在双手里倒腾着遛熟，俗称“遛蛐蛐”，然后放进同一个盒子里促其相遇斗架。盒子的四壁是用玻璃条贴起来的，以防蛐蛐将其咬破后逃掉（四壁未贴玻璃条的蛐蛐盒，很容易被它们咬一个小口子逃走）。蛐蛐盒的外表经常用带颜色的亮光纸裱起来，或红或蓝，也有花色的，是在比谁的蛐蛐盒做得更漂亮。好的蛐蛐盒常能引起人们的羡慕和赞叹。

我糊蛐蛐盒的技艺，有许多也是跟建建学的，以后越糊越好；主要是有大有小，比例恰当，严丝合缝，外观好看。搬家之后我还从其他地方学会一种用工地上的木条做蛐蛐盒的方法，那是四壁用宽窄相同的木头条钉一个长方形的盒子，在两侧再挖一个小槽，正好可以把一块大小合适的玻璃插上去，方便推拉开合。后来我们家几次搬迁，无论到哪里，我都会给周围的小朋友做蛐蛐盒，也经常分蛐蛐给大家。

除了下棋、打扑克、放风筝、逮蛐蛐这些玩的东西，我们还有弹珠珠（玻璃球）、抽毛猴（陀螺）、“扇三角”、“打接克”、摔跤等许多游戏。

我不知“打接克”有无标准语言，就是把一个大拇指粗细的圆木头截成大约十厘米长，将两头削尖，手握一条约一尺半长的木板（手握的一头削窄，便于手抓），用木板末端砍一头尖角将“接克”蹦起，然后用长木板使劲扇去，打得越远越好，最后以最远者为胜。而“扇三角”游戏中的“三角”大部分是由那时的烟盒纸折叠而成，形状、大小相同，谁用自己的“三角”把对方的扇翻（叫作底朝天）就算赢，轮流进行；因为“三角”处在不同的地面地形，要寻找其离地面有缝隙的一面扇，并且力道、落点要合适，这样才有可能扇得翻过来。所以，“扇三角”实际上也有许多讲究和技巧。

我天生爆发力好，平衡能力强，又很爱看别人摔跤，反复地琢磨、实践，所以从小就练就了一身摔跤的本领，无论走到哪里，同龄大小的孩子几乎无人能摔过我。上小学时，一般得有四五个同学跟我一个人摔，上初中时也得有两三个来摔。在大召前街时，我经常跟人在街上摔跤，衣服总被撕烂，回家就免不了被家长打骂。

这些玩的东西，建建大部分都会，但没有我更爱玩、更着迷、更全面。建建也从来不跟我摔跤，好像有点忌惮的意思。父亲则抱一个赞同和鼓励的态度，常说小孩子会玩就好。

我和建建、韦韦几乎形影不离，但有时也会在不经意间打起架来。有个冬天的晚上，一群孩子在街边昏暗的路灯下玩耍，我和建建不知因为什么打起来，你一拳我一掌，打了很长时间。河河和韦韦也站在人群里看，后来在别人的撺掇下有点不好意思地参加进来；但他们兄弟三人却不同时上场，而是一个人打累了，换另一个顶替上来。最有意思的是等河河瘸着一条腿走过来打时，他自恃比我们身高力大，平时也根本不把我们同年龄的孩子放在眼里，就有点漫不经心、不屑一顾的样子，但一交手却正好被我一拳打到身体的着力点上，一瘸一拐连续向后踉跄了七八步，最后踩在路边的一片冰上摔了一个大跟头，引来满街看客的轰然大笑。

总之，那时我经常和街上的小孩子们摔跤、打架，渐渐地出了名。孩子们之所以爱打架、大人们总是津津有味地站在一旁观看，实际上真有点像看斗蛐蛐的意思。

还有一年，河河他们家在院里最东边靠墙的地方即陈老师家的侧墙外，用竹竿扎起了一个挺大的鸡棚，人都可以走到里边去，也经常引来小孩子跑到里边玩。那一阵子，我们学会了挖“闪闪窖”，就是在地上挖一个坑，里边灌上水或稀泥，再用细木棍儿、纸片、向日葵叶等遮盖起来，最后覆上薄薄的一层土，恢复伪装成地面的原样。当有人不知道踩上去之后，就会陷进去，被闪一下、吓一跳，鞋也会弄脏，逗得孩子们在一旁哈哈大笑。

这一次，我和韦韦在鸡棚里挖了一个很隐蔽的“闪闪窖”，又大又深，满心希望有哪个不慎的小孩儿进鸡棚玩时陷进去。但是，后来韦韦跟我说，那会儿没有其他小朋友走进鸡棚，而是把他去喂鸡的爸爸给陷进去了。开始我有些不相信，韦韦就领着我偷偷地跑到他们家窗户前去看他爸爸陷到“闪闪窖”里的那只布鞋，只见鞋底和四周都沾满了泥，我这才相信是真的，并感到这下可糟了，肯定会挨骂；若告诉了我母亲，搞不好还会挨打。但回头看到他爸爸时，他却好像并未生气，仍坐在那把太师椅上，一边喝茶，一边还冲着我们微笑哩。

自院子里养鸡之后，就有黄鼠狼不断光顾，经常会咬死鸡吸血，人们都十分痛恨。有一天早晨，就听院里有人惊慌地大叫起来：“黄鼠狼！黄鼠狼！”每个人都亢奋异常，纷纷走出家门，找来扫把、铁锹、木棍等准备打黄鼠狼；正当人们形成围堵时，却见黄鼠狼从墙角窜出来，迅速地从南房窗檐下跑到下水道逃之夭夭。一道金黄色，十分鲜亮，黄鼠狼的样子远超出我的想象，让我感到很惊讶，并把这个印象永久地印刻在脑海中。

不过，不管那时我们有多调皮，但毕竟年龄都小，我们活动的范围方圆不过 3—4 里。最南就到养鱼场南端的芦苇滩，最北走到北门外广场。那时北门外广场非常有名，也是个汽车总站，从这里开始有公共汽车可以去更远的地方，但我们很少有机会乘坐。

旧城北门外公交站

大召前街这一带的东西方向，因为没有很宽的主干道，每条街又窄又雷同，一点都不熟，所以我们一般不敢往远处走，害怕走出去迷了路找不回家。而在大召前街的东边，南北方向的大南街、大北街，在那个年代非常繁华，大街均由石板铺成，常年脚踩车轧，磨得十分光滑；两边都是一家挨一家的商铺，以卖布的居多，各种百货一应俱全。

那时的布匹都横着摆放在宽大的木头柜台上，各种花色和质地均由顾客自行挑选，用手摸或用眼睛瞅，买布叫扯布；扯布的妇女在买之前就会反复思忖着，买回去给家里的谁做什么衣服，需要多长，并且经常要和柜台内的售货员进行咨询、商讨；包括这种布料的宽度、缩水情况等，均是考虑的重要因素。那时的商品极为紧缺，扯布都要凭布票，每家每户均需厉行节约。偶尔会来一种花色或质量好的布，符合人们物美价廉的心意，商场里就会排起队来，售货员也跟着十分忙碌，不断地用尺子量布、扯布，并把收到的钱和结好的账连同写明尺码的小纸条用一个夹子夹起来，在接近天花板上牵着的一条磨得光滑的铁丝上穿梭来穿梭去，直到把那一种布卖完为止。每当看到这种场景，我都感到很新奇，专门盯着那个夹子在头顶上飞来飞去，觉得十分好玩。

到了春节来临之时，大南街、大北街总是非常热闹，马路上和商店里，到处都挤满了人，熙熙攘攘，人头攒动，有时连挪动脚步都有点难。小孩子们特别兴奋，三五成群穿行在人流当中，在各个商场挤出挤进，盼望着大年早点到来。我们特别爱去的地方，主要是商店里卖年画的柜台，看着色彩鲜艳、横竖图案不同的画许久不愿离去，到后来以至哪张画摆放在商店的什么地方，哪张是新来的或放了一段时间，我们心里都像明镜似的清楚。而且，孩子们还会相互领着，挨门挨户去看各自家里买的年画，挂在墙上的什么地方，一次又一次，反复地去观摩。我们家因为房子太小，墙上根本没有地方可挂，所以印象中好像没有买过和挂过什么画。

大北街上的城楼

在大召前街靠近大召寺的东边，过年时还会摆出卖“咯倍儿”的小摊儿。那“咯倍儿”是用玻璃淬火现场烧制的，细嘴长颈大喇叭口，吹动喇叭口极薄的玻璃一鼓一泄，玻璃就会发出“咯倍儿”“咯倍儿”的声音，清脆好听。但需要极高的吹技，吹力小鼓不起来，自然不会发出响声；吹力大时就有可能立即爆掉，并被吓一跳。所以，制作“咯倍儿”的地方一般都有一大堆碎玻璃碴儿。我很想能买一个来玩，但几次母亲忍了忍都予以拒绝，一是家里确实没钱，二是担心我不会玩，没几下就给吹爆了。

三、城南养鱼场

大召前街这一带主要是居民住宅区，大街两边是各种大小不同的院落，每个院子的大门都临街，或朝西或朝东。也有少数窗户对着大街的低矮房子，住着人家，从外面看里面总是黑乎乎的；还有一家在狭窄的屋子里开了个小理发店，母亲领着我也曾进去理过发。

大街南北两端的西侧，各有一个副食品店，卖油盐酱醋、糖果、粉丝、豆腐、白菜、萝卜、各种调味品等（见第 6 页图）。

大街的东边多为砖瓦房，建有门庭，院子也比地面高出几个台阶；西边则多为土坯房，院子的地面与马路处于同一水平，有时下大雨，从大街上由北向南流过的雨水就很容易灌到院里去。西边有的院落很大，住了几十户人家，是典型的大杂院。这个格局说明，在解放前住在东边的人较为富裕，西边则多半是穷人，或者说“东贵西贱”。

整个大召前街一带几乎看不到一棵树，大街小巷都是光秃秃的；沿街架一排木头电线杆，顶上挂两根电线，黑乎乎的。晚上亮起一排昏暗的路灯，并经常会有一两个灯泡坏掉，好长时间无人修理；那一段的街上就特别黑，让人感到有点害怕，路过时就不由得加快脚步，匆忙走过。

那时大街上主要是行人，也有少量骑自行车的，几乎没有汽车。直到“文化大革命”开始以后，有一两次我才看到汽车驶来，人们感到很新鲜，一群小孩子还尾随在车后，专门闻汽车走过后留下的汽油味儿。那时，很多人喜欢嗅这种味道，感到很特殊、很好闻。

走出我们的院子，沿着大召前街向南走，不远的地方有一条东西方向的小路，叫文庙街，在往西的拐弯处就是那个副食品小店；因这里地势较低，小店处在一个石阶上，约有一米高，朱红色的门窗，漆色陈旧斑驳，我上小学时每天就从小店的门前拐过。有时母亲做饭忙不过来时，还让我拿个瓶子去这里打酱油或醋什么的，但当我口中念念有词地走到小店时却经常忘掉到底是打酱油还是打醋。

并且，那时我们为此还经常讲起一个故事来，说有个小孩儿，妈妈让他去附近的商店给家里买花椒大料，他怕记不住，妈妈就教给他一个办法，让他一路上反复口念“花椒大料”，这样去了商店就不会忘记。他依计而行，但在中途却不小心被石头绊了一跤，起来后就改口念成“飞机大炮”。等到了商店，售货员问他买什么，他说“飞机大炮”！售货员大吃一惊，说哪里能卖飞机大炮？每次讲起这个故事，孩子们都觉得很有趣，一起会心地笑起来。

母亲在做饭的时候也经常叫我去买豆腐，我就会拿一个小搪瓷盆去买，一般只买半斤或一斤（都要凭票供应）。买回来时正好赶上饭快熟了，母亲就把半斤豆腐（一斤往往会留下一半，下次做饭时再吃）用菜刀整整齐齐地切成长方块状，在热气腾腾的锅里敷上一层；等面条差不多煮熟时，敷在上面的豆腐也开始变硬变黄，就用长柄铁勺翻锅，把豆腐翻到下面并搅匀。有的时候，还在铁勺里倒进一点素油（大部分是胡麻油），从灶口伸进炭火中。等那素油开始冒烟时，就拿出来先用一块抹布将勺子下面的炭灰擦掉，再放进一些事前切好的葱花和芫荽，这时勺子里便喷爆起来；接着赶快把勺子插进面里，“刺啦”一声，满屋散发出一股沁人脾胃的香味儿。这就是常说的炝锅面，特别好吃。而且，我还尤其爱吃面中的豆腐，有时母亲就专门用筷子多挑几块儿给我吃。

端午节来临的时候，粮店专门会供应几斤江米——就是一种煮熟后发黏的大米，用来做粽子或黏糕之类的东西。但那时很难找到粽子叶，所以母亲就在面板上做一层黏糕，里边掺一些红枣、葡萄干、青红丝等，平时用一块湿纱布苫住，吃的时候一块块切下来，放到碗里再蘸上一点蜂蜜、玫瑰花之类的东西，感到特别好吃。那时只要有甜味，小孩儿都爱吃。

一到夏天，大召前街上就会出现卖冰棍儿的小推车，卖冰棍儿的妇女一吆喝，尤其是看到有的小朋友已经买了，其他的小孩儿就会急起来，哭着闹着也要父母给自己买。那年代，呼和浩特的冰棍儿主要有两种，白色的叫牛奶冰棍儿，卖 4 分钱；另一种是小豆冰棍儿，卖 3 分钱。人们的生活十分拮据，花几分钱给小孩儿买一根冰棍儿也不容易。

大召前街上还有几处烙焙子、卖焙子的小铺，一般也有两种。圆的厚一些，卖 4 分钱；三角形的薄一些，卖 3 分钱。正好与两种价格的冰棍相同。那时买粮食、糕点、焙子等都要粮票，买个焙子一般需要 2 两。并且，经常还需要排队，等一锅接一锅烙熟了才能买到。所以，那为了买焙子排队的人经常看起来并不多，但等候的时间却很长。尤其在严冬，排队的人都穿着厚厚的棉衣、棉鞋，戴着棉帽、棉手套，但经常被冻得在原地不停地跺脚。

在我稍大记事儿的时候，有一次母亲给了我 1 分钱。这是我平生第一次拥有自己的钱，整天拿在手里玩，心中感觉乐滋滋的。想到商店买块糖，又知道 1 分钱太少，一般买不了一块，也害怕因钱太少而被售货员笑话。于是，想起家里的一个山药（马铃薯）擦子，是用木头做的，有 16K 纸那么大，形状像龙门吊的样子，当中横架着一块刀片，木头平面与刀片之间留出一条缝隙，将山药用手推过时就会薄薄地削出一片来。而塞在刀片与木头之间用于固定刀片的一端，是一枚 2 分钱的铝制硬币；已有好多年了，硬币显得十分陈旧、发黑。我想了好几天，最后找到一块与 2 分钱厚度差不多的铁片，就将那 2 分钱抠下来，用铁片替代上去。这样，我手里就有了 3 分，顿时觉得自己很有钱了，相信买东西时也不会被售货员小看。因为那个年代我们年龄相仿的孩子，自己用钱买糖果时，家长一般也是给 1 分钱或者 2 分钱，很少能拿到 3 分去买。但售货员却也只给了我一块糖，可能是相对大一点的。我感到很失望，却又不好意思问个明白，拿着糖便匆匆离开柜台。印象中，当年我的头顶正好高出柜台，眼前看到的就是那几个放着糖的玻璃罐子。

当年的养鱼场，如今建了一座佛塔

大召前街南边的郊区，紧靠城边的地方有一个很大的养鱼场，好多个大小池塘相接。养鱼场的周边，尤其是再往南走，是一片广阔的芦苇滩，无边无际，芦苇随风摇曳，袅袅婷婷。那时因没有什么交通工具，到哪里都是步行，所以人们活动的范围非常小，我从未自其他方向走出过芦苇滩的边界。

从大召前街到养鱼场不算太远，我们主要就是来这里逮蛐蛐。逮蛐蛐基本上采用两种方式：一种是沿着草丛使劲儿跺脚，细心观察有无受到惊动的蛐蛐跳出来，如果发现就小心翼翼地把双手捧起一个棚来，弯下身子罩上去，等确定蛐蛐被罩住就把双手拢严，将其逮住。另一种是听声音，哪儿有蛐蛐的叫声，就向哪儿去，逐渐靠拢直到找着并用同样的方法将其抓获。这种情况下就需要放轻脚步，蛐蛐受到惊扰停止鸣叫时便站在原地不动，屏住呼吸等蛐蛐再次叫起，然后一步步循声接近。

逮住第一只蛐蛐之后，就会有人帮着把你的一件蓝布外衣脱掉，将一只袖口用几根草梗扎起来，然后把蛐蛐放进扎起来的袖筒，再用一只手小心地抓住袖筒的上边。

还有一种情况是，在夏天稍晚的时候，因为从野外逮回来的蛐蛐越来越多，所以经常会有一些被别人放掉或偷跑出来的蛐蛐，傍晚时分会在墙角鸣叫，我们就循声去逮。蛐蛐有时藏在墙缝中，就用一根细木棍儿将它捅出来；有时躲在砖头或杂物垛下，就将这些东西一块块挪开，直到逮住为止。

但在墙角边逮的蛐蛐一般都是“二手货”，经常“缺胳膊少腿”，或者眉毛、尾子不全，大多斗架也不厉害。因为每个人都把自己最好的蛐蛐放在最好的盒子里，小心看管，所以好蛐蛐一般难以逃出。

所谓好蛐蛐，一是个头大，斗架厉害；二是最好为全胳膊全腿全眉全尾子，并且叫声洪亮。这样的蛐蛐，看着就机灵，动起来精神抖擞。

离养鱼场近处草地里的蛐蛐被人们越逮越少，就只能渐次向芦苇深处迈进。而且，逮蛐蛐有时也看天气，有的情况下蛐蛐好叫，容易找到；有的情况下又不叫，就很难逮。有一次我们走了大半天，跑到芦苇深处都快迷路了，却始终未能找到有蛐蛐的地方，一点声息也没有；逐渐感到又困又饿，心里开始有些发慌。看看天色已经不早了，也不敢再往前走了，就只好心有不甘地沿着一条弯来转去的小路往回返。但是，走着走着，就听到前边的芦苇丛中隐约传来蛐蛐的鸣叫声，我们立刻兴奋起来，一下子困饿全消，放轻脚步循着声音往前走去。

在芦苇中拐了几道弯以后，终于找到蛐蛐发出叫声的地方，却发现是由放在土路中央的一个竹编的暖水瓶空壳里传出来的，竹壳口由一把青草堵起来，旁边还放着一两件蓝布衣服；我匆忙扫视了一下四周，好像近处并无人影（他们走到芦苇里去了），于是在脑海中瞬间腾升起一种渴望，快速把那装着蛐蛐的竹壳抱在怀里，加快脚步向前走去。同去的小伙伴们被我未加思索的举动惊呆了，一下子都紧张起来，急忙放轻脚步跟在我的后边疾步向前。

做贼心虚，明显感到我们的心怦怦直跳，气氛非常紧张；几次回头瞅瞅，看看后边是否有人追赶上来。因为能逮到那么多蛐蛐的人，年龄一定比我们大许多，并且能走得更远。所以，一旦我们被发现和追赶，那我们就惨了，少不了会挨耳光（当地话叫挨逼兜）。看看没有人追上来，我们悬着的心逐渐放下来；进入大召前街之后，路上的行人开始多起来，就更感安心了。

回到院子里，我从家里拿出一个搪瓷脸盆，把那一竹壳蛐蛐全倒进去，黑乎乎一片，足有十几只，在盆底转来转去，有的已开始捉对厮杀，叫声一片。我们兴奋不已，欢欣鼓舞，又把平时一块儿玩的小朋友们叫来，让他们依次从中挑选蛐蛐……

最后，还剩了不少没有被选中的蛐蛐，都是些个头小、缺胳膊少腿的残兵败将，也找不到一个存放的地方，就统统倒进我们家门前新挖出的一个小窨子里，再放进一些青草、菜叶等供它们吃。到了晚上，窨子里蛐蛐的叫声此起彼伏，个别逃走的也开始在墙角鸣叫，院子里一下子热闹起来。大人们好生奇怪，纷纷相互打听：哪儿来的那么多蛐蛐呢？

每到夏天，孩子们去养鱼场还有一项重要的活动，就是学游泳。一群大大小小的孩子，有认识的，有不认识的，集中到鱼塘里游泳，脱光了衣服一丝不挂，当地话叫“红麻不溜子”。有会游一点儿的，有不会游的，但基本上没有标准的游泳姿势；大多采用的是“狗刨式”，即两只手在前边使劲刨，两条腿在后边不停地用力打水，“咚咚咚”在行进中打出一行白色水花。谁能游得远一点儿，都会引来大家羡慕的眼光；更会游的大孩子还敢往鱼塘深处去。有的会踩水，在湖中深水处就是不被淹没；有的则专门用脚踩塘底的淤泥，捉一种像大人拳头大的河蚌。一旦有人踩到，就会兴奋地叫起来，然后头朝下“扎猛子”进水里用手去摸，有时扎进去几次都摸不出来，这时就会有几个人从四周过来帮忙，纷纷“扎猛子”进水里去摸。一旦有谁摸到并举出水面，大家又会一阵子兴奋、议论。

河蚌被捉到塘边的土地上，在太阳的照射下会张开口来，越张越大，露出里边白色的软体，这时只要有人拿一根细草往里边一捅，它就会像触了电一样敏感地闭合起来。孩子们把这些河蚌拿回家，经常引来大人们也凑过来观看，平时在当地的确很少见到这样的东西。

然而，一旦各家各户的孩子们都偷跑到养鱼场去游泳的消息传开，街坊邻居的家长们就会紧张起来，纷纷回家审问自己的孩子，是否去养鱼场耍水了。因为养鱼场每年都会淹死人，这可不是闹着玩的！但即使如此，孩子们仍会偷偷摸摸地经常往养鱼场跑，对家长严格保密，回来不告诉他们。

家长知道情况之后就反复盘查，并相互传授了一种查验的办法，就是让小孩儿把胳膊伸出来，家长用指甲在上面抠一道儿，如果肤色深，抠出来就发白，那便说明你偷着游泳了；经反复拷问，如果你承认了，就免不了又会挨家长一顿打骂。打骂完之后再给你讲一堆大道理，苦口婆心地劝你不要再偷着去养鱼场耍水了。

那时，我年龄较小，又是家里的老大，自然也没有大孩子带着玩；加之母亲管束很严，反复强调不能自己去养鱼场耍水，所以我去的次数较少，下了水也不敢往深处去，就在鱼塘边扑腾一阵子，始终也没有真正学会游泳。

有一年，也不知从哪儿传来一阵风，在大召前街又开始流行起来钓鱼，家家户户有小孩儿的都学着做钓鱼竿，并且有的还不止一副。首先是找来一支细竹竿，在细的一头拴上一根白线，有一米多或二米长，再用大头针弯个鱼钩，用面食做点鱼饵捏在鱼钩上；做好后我就趴在炕上，把鱼竿吊在地中央，想象着钓鱼和鱼儿上钩的情景。虽然想象得很完备，但实际上拿这种鱼竿根本钓不到鱼，所以钓了几次后自己也失去了兴趣，以后就不把精力放在鱼竿上了。

又听有的孩子说：顺着鱼塘边的草丛，用双手捧着伸进水里去摸，经常可以摸到鱼。我学着别人的样子，蹲下来沿着鱼塘边去摸，果然很快就摸到几条小鱼，放进一个玻璃罐头瓶里，兴奋异常。接着下手捧起的是条很大的鱼，占满手心，开始心中窃喜，但等张开手看到时却吓了一跳，惊恐万分地将它扔进湖水里；脑海里前后转瞬即逝，快得像一道闪电。

原来捧在手中不停滑动的鱼，是一条黑灰色并带着斑点、黏乎乎的大鱼，我从未见过，太超乎我的想象了。以后好几天我总是想起来，并心有余悸，担心手会因摸到这种鱼而烂掉。受到这次意外的惊吓之后，我也再不敢伸手摸鱼了。

秋天来了，芦苇滩中会长出长长的蒲棒，越往深处芦苇越高，蒲棒也越大，野外的清新空气也更加诱人。小孩儿走不了多远，所以采不到大蒲棒，而大人采到了，偶尔就会拿着它们从大召前街招摇走过；每年看到这种情景时我们都感到很新鲜，但是一年又过了。再往深秋，蒲棒开始干枯，用手向上一撸，就会飞起满天花絮。小孩子感到非常好玩，经常追着飞絮在街上乱跑。

冬天冰冻之后，芦苇滩一片枯黄，鱼塘也都冻成冰面；养鱼场就会组织人马割苇子，一捆一捆地码成一个个垛子，排列成行。这时芦苇滩立刻空旷起来，也都结了冰，这样我们才能走进去，看到它的“真面目”。

我们还在割过芦苇的地上捡拾剩下来的杂草、芦苇节、小树枝什么的，用绳子打起捆来背回家当柴火烧。我那时太小，自然捡不了多少，背着这些柴火沿着大召前街往回走时，经常听到路上有人取笑我是“黑老鸦背柴”，有的还专门凑到我的耳边讲。我真的感到很难为情，很怕碰到人说这句话。可是回到家里，母亲却十分高兴，并极力鼓励，说我懂事了，在家里可以顶大用处。

那个年代人们的生活十分贫困，物资供应极为匮乏，每月卖炭场按供货本供应一定数量的煤炭，用条口袋背回家；而引火柴等却全靠自己四处搜寻，烧火做饭是生活中的头等大事。那时每家的炕边都有一个灶台，生火之后需要有人专门拉风箱，这样才能吹起灶台中的炭火烧开水、做熟饭。

四、黄色的记忆

听父亲说，我们家再早是于 1953 年从大召前街南边的史家巷搬到 11 号院即这个“共和医院”的。而 1954 年父亲就从呼和浩特市师范学校毕业，当年被分配在北门外的庆凯小学当老师。因为学校离家有些远，走路上下班实在不方便，就设法凑钱从联营商场买回一辆飞鸽牌自行车。从此父亲每天就骑着自行车去上班，经过的马路上有两个紧挨着的小圆坑，他每次都习惯性地专门用车轮碾过。

联营商场就是改制后的民族商场，过去是呼和浩特市最著名的购物场所，也应该是当地最大、最高的建筑物；在中山西路北边，有三层楼，当地人都知道。父亲说，当年联营商场共进来五辆自行车，那是件很新鲜的事，很快传遍街坊。听到消息后他就产生了去买一辆的想法，因为上下班回家吃饭，的确很需要。我们家买到的是仅剩的最后一辆，售价 120 元，当时家里尚存旧社会积攒起来的 90 块银元，再加上父亲工作后挣的工资，刚好可以凑足。这辆自行车一直伴随我们家 30 多年，至今我仍有印象，突出的特点是结实，并“死沉死沉的”，骑起来很费劲。

联营商场

庆凯小学在北门外通道路的西边，现在那里还有条东西走向的小路，就叫庆凯街。当年那所小学应当是因街得名。可不幸的是，大约在 1959 年 7 月末的一天，呼和浩特市一带曾降过一场百年未遇的大雨，电闪雷鸣整夜未休，雨水好像是从天空中倾盆倒下来的一样。当时我不到一岁，母亲在 11 号院的旧家里把我搂在怀里彻夜未眠，雨大得吓人，甚至连电灯都不敢开。母亲只盯着窗户上的雷电一闪一闪，压着房顶接二连三地炸开，真应了一句俗话“响声如雷”。当年，父亲正在师范学校攻读专科学业，刚好赶上要放暑假，学生们在宿舍里都收拾好行李，准备次日天亮后离校。一夜的降雨前所未见，整个校园就地涨水，直淹到寝室的台阶上，险些流进门里来。而最北边的后操场处于平地，比教室、宿舍区低不少，水深足有 1—2 米，早已是一片汪洋。最后因为憋起来的雨水将东校墙冲开一个巨大的豁口，才把校园的积水迅速泄掉（流到东边的河床去了），从而使学校避过一场重大洪灾。而事实上，师范学校所处的公主府，属于呼和浩特市最高的地势，连那里都危在旦夕，可想当年的雨水有多大、多急！

父亲说，用百年一遇或倾盆大雨或滂沱大雨等所有的词语来形容这场大雨，他都感到言犹未尽。实际上那是他一生中从未见过的大雨，所以他很认真地估计，应当是千年一遇。他说，平时我们遇到的雷电交加、又急又大的雨，一般只能持续十几分钟或二十分钟，但这场大雨足足下了一整夜，直到翌晨天亮之后才逐渐平息下来。

这场大雨导致的一个直接后果，也是个标志性事件，就是把旧城北门外的牛桥冲垮了，以致后来这成为当地人形容这场大雨的标准语言，他们都说："1959 年的那场大雨才叫厉害，把牛桥都给冲垮了。"不仅老年人几乎都知道这句话，就是有些年轻人也跟着"鹦鹉学舌"，可见当年这件事有多大的影响力！

我并未见过牛桥，也说不清楚它的确切位置，只是听人说它是由大块青石板构筑的三孔石拱桥，既高大又坚固；始建于清朝，已有几百年的历史，经历过数不清的洪水冲击，事前无人敢想象它能够被这场洪水冲垮。而当年庆凯小学正好位于牛桥的上方并距离较近，所以冲垮牛桥（事实上牛桥的正式名称就叫庆凯桥）的过程中，那里必然洪水泛滥，学校就此毁于一旦。

庆凯桥（牛桥）

父亲是1958年考取师范专科学校进行深造的。当时呼和浩特市计划专门为各中学培养一批师资力量。但1960年父亲毕业时，正赶上“大跃进”后的三年困难时期，城市容纳不了那么多人口，就向旗县、农村疏散，于是市里原来准备扩充中学的计划未能实现，他们班便有约一半的同学被分配到伊克昭盟的各旗县中学。他是班里年龄最大的一个，又拖家带口，平时钻研学业，从道理上讲，最不应该把像他这样的学生分到外地。但父亲说，毕业分配时召开许多大大小小的动员会议，号召学生“要服从国家分配”，“到祖国最需要的地方去，到最艰苦的地方去”“到边疆去，支持边疆建设”“党的召唤，就是个人的志愿”云云。所以，在那个年代服从分配是个人的必然选择。但给家庭带来的困难也是显而易见的，大家都心知肚明。听母亲说：自你爸爸分配到伊盟工作之后，一去就是12年，两地生活非常困难，一家人每年只有在学校放假时才能团聚，并经常为往返两地的路费而发愁。她说：有的时候眼看着假期就要结束了，家里却凑不齐返校的路费，那才叫难啊！还有就是那时的交通极为不便，往返必经过包头，中途还要过一道黄河，寒假时经常怕黄河解冻过不去而不得不提前早点返回去。

后来我曾有些不解地问过父亲：既然两地生活给家里造成那么大的困难，为什么当时非要去伊盟呢？

父亲说：那个年代不去不行啊。一是响应党的号召，服从国家分配，那时全社会都是这样一种氛围；个人不能向组织讲困难、提条件，那被看作羞耻，真的感到难以启齿。二是家里的生活费全靠这点工资，一个月接一个月，如果这个月领不到工资，那么下个月全家的生活费就没有着落。那时的社会，如果你丢掉工作，就很难再找到一个领工资的地方。

然而，他们班里的确也有一个同学没有服从分配到伊克昭盟去，但他的身份属于近郊的农民，家里分有土地能够以种菜为生，所以他才敢于博弈（当地话叫“魄出去”）。

等分配结果公开之后，同学们才恍然大悟，原来有点关系的和班干部什么的均留在了市里，被分配到伊克昭盟的都是些老实巴交听话的学生，大多心无旁骛，学习成绩也比较好。所以，同学们发现，分配并未考虑个人的家庭情况，也不管学习好坏，事实上并不公平，不少人有种上当受骗的感觉。我说：其实这种事情始终存在，并且相信永远都不会消失。

我也曾问过父亲：在那个年代两地分居那么困难，为什么不想办法早点调回来呢？

父亲说：当时那几乎是不可能的事，所以在“文革”前六年他都没有想过，自然从未提出来。第一是工作需要，单位绝对不可能放你走；第二是上边非常难批准；第三是在呼和浩特市找接收单位，两眼一抹黑，等于告天无门。因此，那个年代想调工作实际上堪比登天。

父亲被分配到伊克昭盟下边的伊金霍洛旗中学。当时这所学校刚组建完成，他们是旗里的第一批中学老师，可想师资力量有多紧缺。不过，千里阻隔，他一年通不了几封书信，好处是免受家庭琐事的打扰，可以全身心地投入到教学工作中。他特别努力钻研教学，很快就成为学校数学教学的顶梁柱；还考取了内蒙古师范学院的函授教育，顺利拿到大学文凭。同时，他积极要求进步，不久便成为学校的工作骨干。领导也十分器重，经常分派一些重要工作让他去做；他还被列为重点培养对象，准备提干入党。工作成效也很快体现出来，在全校的数学教学中，考试成绩大幅提高，在全盟各中学的考评中经常名列前茅。作为班主任，父亲所在的班级表现优异，培养了大批品学兼优的学生。60 多年过去了，这批学生接受了“文革”洗礼，又经历了打倒“四人帮”后的改革开放大潮，总体上表现良好，在家庭和事业上均取得较大成功，至今还能保持着联系，每年师生们都会相聚。他们大多是来自农村牧区的孩子，初中是他们的最高学历；走到社会上务工务农，最后能在各行各业中寻求人生的发展机会，深感所受中学教育对他们生存发展的重要性。所以，他们经常由衷地感叹：多亏学校，多亏于老师；他们在学校不仅学习了文化知识，而且也学会了如何做人做事。

讲起“文革”前的这一段经历，父亲也感到十分充实和有成就感。一是自身在学业上取得长足进步，可以系统、熟练地掌握那个时期的初中数学；对教学内容及例题，他如数家珍，驾轻就熟。二是为社会培养了一批普适性人才，并且师生之间建立了深厚的友谊，长久毋忘。

父亲最遗憾的是：如果没有 1966 年“文化大革命”的发生，他们的中学就会建立起来高中；那么再经过数年的教学，他就会更加熟悉高中数学。这样，他对中国的中学数学就会有更全面、完整的了解和掌握。他们已经为此进行了全方位的准备，但接着就受到“文革”的冲击，学校从此乱成一锅粥，分成几派，相互攻讦、斗争，气氛非常紧张；运动中人人自危，谁都怕被打成“反革命分子”。那样的话就会被无故关押、批斗、戴高帽子、游街……无论在精神上还是肉体上，都会经受无穷无尽非人道的折磨、苦难。

但是，“文革”对我们家来说也带来了意外的好处。正是因为“文革”造成各行各业的停滞，学校也不搞教学了，美其名曰“停课闹革命”，人们整天无所事事，百无聊赖，为父亲调动工作提供了难得的机遇。父亲的革命意志也开始大幅度衰退，一是不理解“文革”这样瞎折腾，到底意义何在。因为这完全违反中国的文化传统和基本常识，感到只能是浪费时间、消耗生命，不知道一个国家怎么像着了魔一样，癫傻到如此程度。二是唯成分论盛行，我们家因成分不是贫下中农，连入党也变得不再可能。并且，“文革”时强调“踢开党委闹革命”，书记、校长都靠边站了，学校的正常秩序已不复存在。天天晚上把老师们聚集到会场里，像傻子一样没完没了地开会、学习，举着红宝书不停地呼喊革命口号；而孩子们不懂大人的事情，就在老师们站起来后空着的长条椅上窜来窜去。

此外，我们家已经有了三个孩子，眼见着一天天长大，两地分居的生活越来越困难。于是，调回呼和浩特市一家团聚的想法油然而生，且一天天地强烈起来；同时，闲来无事，正好可以跑调动工作的事。找同学、老师，几次偶遇寻找机会；一次又一次地提出申请，到后来甚至成了旗里尽人皆知的事。最后，终于感动了上帝，也不知怎么机缘巧合地通过各个环节、各种审批，在 1972 年忽然如愿以偿地调回母校呼和浩特市师范学校工作。总感到像是在做梦，但的确又美梦成真。那阵子，全家都松了一口气，别说有多高兴了，开始感到家里终于有了天空，有了依靠。

父亲在伊克昭盟工作期间，母亲曾带着我分别于 1962 年、1963 年和 1966 年去过那里，每次都住在学校的职工宿舍里。宿舍虽然也只有一间平房，打开家门就是开阔的校园黄土地，教室、操场尽收眼底，但仍比在大召前街的住房大多了，所以一家人住在一起，感到既宽敞，又高兴、幸福。

中学所在地的伊金霍洛旗，名字叫作阿勒腾席热镇，简称阿镇。校园就坐落在阿镇的西南角，是占用过去的王爷府所建。王爷府是清朝时期留下来的老建筑，系由砖瓦房组成的一处院落，高大、宽敞、明亮，保存十分完好，主要作为学校的办公和会议用房。王爷府的东侧加建了两三排土坯房，有东西向，有南北向，都刷成白墙，主要作为教室和职工宿舍。校园的南边是个大操场，早晨学生、老师就在操场上跑步、做操等，进行体育锻炼。小时候我感觉那个操场很大，从未能完整地跑完一圈。

王爷府

在操场北侧即靠近办公室的地方，立着一副高大的铁架，上面吊着秋千、云梯等。我感到很是新鲜，经常爬到云梯上玩，但爬不了几节就不敢再往上爬了；感觉秋千很高大，自己爬不上去，就由大人给抱上去，但也不敢往高荡，害怕抓不紧摔下来；铁架两侧也有单、双杠，沙坑（跳高、跳远用的）什么的。

晚上没事的时候，父亲经常到办公室去办公，主要是批改学生的作业或备课什么的，有时也带着我。宽大的办公室里灯光明亮，有好多张办公桌，我就爬上去玩，只见桌子上摆放着一摞一摞的作业本；而最让我感到新奇的是看到大头针、回形针、订书机等。尤其是订书机，可以打开，里边有一条长长的弹簧，放上一排细密的书钉，用手一压就可以把一叠纸钉成一个本子，感到妙不可言。我还把回形针一个接一个串起来，形成一条长线或者一个圈儿，拿回宿舍，在床边玩来玩去。而这些玩意儿，我在大召前街的家里从未见过。

后来，父亲还给我带回一块小磁铁，可以在沙土中吸到许多碎铁屑，将这些铁屑集中起来放在一张白纸上，下边用磁铁吸着可以把铁屑立起来并拉着到处移动，我感到更为神奇。最不可思议的是：我还见到一个小小的指南针，表盘里那个不断抖动的指针永远指向南方，据说这也与磁铁或磁场相关，但我一直也未弄明白其中的道理。有一次，一个女老师给我提出一个问题：指南针一头指向南方，另一头指向哪里呢？我实在搞不懂，懵头懵脑的，她就哈哈地大笑起来，说：北呀！

学校的东墙外有一条南北走向的土路。沿着这条路径直往北走大约 10 分钟，就到了“旗里”，也就是阿镇。阿镇主要是一条由东向西的土路，约有 10 米多宽，南北两侧稀稀拉拉有些建筑，大部分也是土坯房。其中，有个商店约有 20—30 米长，是当时旗里最主要的建筑物，更是全镇商品供应的中心，所以买各种生活用品都要来这个商店。此外，还有一个邮电局、一个银行、一个理发铺、一个刻章店、一个小医院，再加上少量住在低矮平房里的住户，这就是那时旗里的主要构成，从东到西走路用不了 10 分钟；人口也十分稀少，听父亲说：加上住校的中学生，全镇总人口应该不到 1 万人。

留在我记忆深处的伊金霍洛旗是单一的黄色，与黄沙的颜色相同。但从学校去阿镇的那条土路边上，长着两排沙枣树，树叶细密、暗绿发白，看上去灰不溜秋，没有光泽。秋天会结一串串小果实，开始是青色的，上边满是小斑点，天凉之后会变黄并干瘪下来，又涩又甜，很好吃。这种情景和体验在呼和浩特市从未有过。但在那个年代，这样成熟的沙枣却很少能碰到，我也仅见过一次，吃了 4—5 颗；大部分在成熟之前就会被人们采摘完了，又青又涩，很难吃。

夏季很短，以干旱著称。但有时集中降雨还会在局部形成洪水，所以防汛时节就要动员学校的师生去修筑临时的防洪堤坝。也会形成沙湖，每到这时学校的老师、学生就会去学游泳。夏秋季看到镇上有人卖西瓜的时候（时间很短），老师们就赶快去买，切开后大家围坐在一起分享。至今还有老师记着我小时候去游泳时在岸边吃西瓜的样子，说我一边吃一边撒尿，逗得大家哈哈大笑。

一到冬季，经常会刮大风。大风一起，黄沙满地。有时听得窗外一夜呼号，第二天起来才发现校园里到处都是沙子，我们的家门口也堆起厚厚的一层，甚至没到台阶上来。窗外学校东边的那条通向阿镇的土路，尤其是向南延伸的方向（那里已没有什么建筑），经常会被黄沙覆盖。所以，当地人经常开玩笑说：“这地方鸡蛋里都有沙子。”有时还会碰到野地里的沙蒿被风刮起，贴着地面向前跑，圆滚滚的像个篮球，我便跟在后面紧追不舍，有时能追上，把它逮住，有时则眼看着被大风越刮越远。还有一次我在野地里走着，竟然差点儿看到一只刺猬。因为有人说看见了，等我向那个方向注视时却不确定到底看到了没有。说是它钻进了一个洞里，但我们过去搜寻了半天也没有找到。从此，我似乎感觉真的见到过刺猬，老想象着刺猬的模样，相信是圆的并被一层密集的刺围裹起来。回到旧城大召前街的家里，我还总和小朋友们吹嘘刺猬的模样哩。

五、著名的鄂尔多斯

从学校向南走大约40里路程，就到了著名的成吉思汗陵。但那个年代的成吉思汗陵是在一片广袤的荒野中，由三个高大相连的像蒙古包一样的建筑构成，在当地十分突出，大老远就能看到。陵园年久失修，破败斑驳，很少有游人到访，让人感到空旷、寂寥。在陵区的南边，那条通往陵园的南北土路的西侧，建有两间低矮的土坯房，门窗朝东，破损不堪，房顶上有不少枯草。据说里面常年住着一个看守陵园的老汉，还有一匹不算高大的白马作为陪伴。当时我毫无历史知识，只是感觉这房子很大，里边十分空落，四处透风，进去后感到口鼻发干，有点儿紧张、害怕，好像话都不敢放开说。

父母也记不起我小的时候，到底是否去过成吉思汗陵了。我说，肯定是去过，否则在我的脑海中就不会留下这些记忆。但当时是怎么去的？我对此却一点印象也没有。父亲说：肯定是走过去的，因为那个年代没有什么代步工具，到哪儿都得步行。

伊克昭盟的煤特别好，开采出来都是大块的，比较软，燃点低，从不会自己熄灭，全部燃尽之后，就变成白白的一层灰末（没有煤渣）。所以，老师们在闲聊时，经常会说起他们的煤有多么多么好。但在那个干什么都依靠人工的年代，开采和拉

成吉思汗陵

煤却十分困难。通常煤都是由公社的牛车运过来，但有的年份还需要组织师生去煤窑挖煤。

在 20 世纪 50 年代中苏友好时期，苏联专家就来这里进行过勘探，并认定当地储有丰富的煤炭、油气资源。中苏关系破裂后，苏联专家留下满屋子一节一节的岩芯标本悄无声息地撤走了。谁也不曾想到，大约 40 年以后这里崛起了一座现代化的新城，其宽阔的广场、宏大的雕塑，高标准的设计建造，均堪称世界一流。路两边的建筑大多为国际投标方式所建，造型现代，各具特色。这就是名噪一时的鄂尔多斯康巴什新城。

这里因煤而兴，一度成为中国产煤最多的地方，伊克昭盟也更名为鄂尔多斯市。在 2008 年国际金融危机爆发前后，有报道称鄂尔多斯的人均国民产值全国最高，甚至超过香港。鄂尔多斯还盛产羊绒，最早在 20 世纪 80 年代初期就引进了日本一家先进公司的分梳设备，生产的羊绒衫享誉全球——就是那个经常想着要“温暖全世界”的品牌。

大约在 2006 年暑期，在父亲阔别 34 年之后，我曾陪同父母来到这里。变化之大超出我们所有人的想象。具体来讲，一是过去我们在这里时，从未想到几十年过去会发生如此巨大的变化，用“沧桑巨变”或“翻天覆地”或“旧貌换新颜”或“换了人间”等，似乎都不足以描述这种变化，也难以找到其他更确切的词语；二是面对如此巨变的现实，我们似乎一下子怎么也不能穿越时空，把这两种印象对接起来，感觉如梦如幻，如痴如醉。出身于此地的内蒙古著名散文家、诗人周彦文，曾形容他的家乡是“花的海洋，醉的土地”。面对家乡的巨变，他说太超乎想象了，简直有些不可思议！感觉就像做梦一样，这真是一片神奇的土地！

对伊金霍洛旗及学校的童年记忆，大致就是这些。但我始终分不清楚这些记忆是哪一次去的经历。我分析应该主要是第二和第三次去留下来的。因为 1962 年第一次去时，我只有四岁。按照人们的常规说法，小孩子在四岁之前应当没有记忆。但我也有一些印象，似乎又是那时最早留在脑海中的。

1963 年第二次去的时间最长，从暑假一直住到翌年的寒假，在那里过了春节，天暖之后才返回旧城大召前街 11 号院。记得回到院里时，碰到的人都说许久未见到我们了，没想到这次走了这么久，也有的说我长高了不少。我相信，有关秋冬、烧炉子、大风、黄沙等印象，以及大部分其他方面的深刻记忆，应当都是这次留下来的。

为什么这次去住了这么久？父母解释说：主要是因为当年我们家借钱买了一台缝纫机，全家住在一起可以节省两地分居必然增加的花销，用于还债（当地话叫“打饥荒”）。原来那年旗里的那个最大的商店正好进来一台缝纫机，是五一牌的（这个品牌并不出名，至今我们也未弄清楚是哪个厂生产的），当地也没人买，父亲看到了就借钱买回来，价格大约是 180 元。我们就是冲着这台缝纫机来的，一方面是母亲学缝纫，另一方面就是为了清偿债务。父亲说，那个年代的集体伙食费，虽说也不高，但终究还是一家人住在一起自己做饭更省钱；另外，也可节省每个假期往返的路费。不过，我认为：父亲动心思花那么多钱买一台缝纫机，在很大程度上应当是受到河河妈妈的影响和启发，期待母亲学会缝纫之后，可以到被服厂或裁缝铺找个工作，以解决家里的生活困难。

宿舍里多出一台缝纫机，一家人感到既新鲜、高兴，又时刻面临着偿债的压力。有时候母亲说，这台缝纫机买对了，定会有大用处；有时候又说有些后悔，担心欠了那么多的债何时才能还清。学校里的不少老师也都觉得很新鲜，经常跑到我们家里来看缝纫机。

我始终是很高兴的，经常学着踏缝纫机扎一块布或者纸片。但大部分的时候并不上线，那块布或纸片就被飞快地扎出一条细小的针眼儿。有时候我也会学着给缝纫机上线，机头上有一卷儿（叫上线），下面也有一个钢制的小圈叫底线，扎衣服时上下两边都有线穿过（这和手工缝衣服大不一样，手工缝制是用一根针、一条线穿来穿去）。底线经常会先用完，就用缝纫机将上面线卷上的线缠绕在底线圈里，飞快地旋转。

师专毕业以后，按照当时国家的工资定级标准，父亲每月的工资是48元。大约于1963年末，也就是我们住在学校的那段时间，正好赶上一次国家调整工资，如久旱逢甘霖，人们十分期盼。那个年代的个人收入全部来自工资，每一个地区的每一级工资标准均由国家确定，挣多少钱均清清楚楚，连一角一分都不差。而工资标准是根据每个人的资历、学历等条件来定级；涨工资时，因受严格的名额限制，所以评议特别重要，俗称“评工资”。主要看个人平时的工作表现，由大家评议、领导决定等。

因调工资的机会太少，可能十年八年才会赶上一次，并且获调的比例很低，所以每次调工资时均会受到社会的极大关注，到处都可以听到人们的议论，竞争十分激烈。如果有谁涨了工资，全家人会高兴好几年，经常把这话题挂在嘴边，很是享受。因父母的工资高，家里的孩子们常会有种优越感。

过去常听到一个故事，说某单位研究调工资时，大家坐在一起开会却无人发言，谁都不愿发扬风格主动放弃这难得的机会。有个人实在憋不住了，就出去上了一趟厕所，等他回来时领导就宣布会议结束。大家评议的结果恰好是把他的名字给剔除了。

这次学校经过紧张的研究，最后涨工资的名单中真的没有父亲。听到消息后，他感到失望至极，非常难过和生气。因为父亲当时是学校里学历最高的教师，平时钻研业务，表现积极，是公认的教学骨干；并已有了两个孩子，长期两地分居，生活十分困难。从道理上讲应当给他涨。但领导的考虑是：父亲的工资已是学校老师当中最高的，而生活困难的家庭也很多，所以就决定把机会先给工资低的老师。

面对这种局面，母亲就和父亲商量，应当去找书记反映意见，再做些争取工作。并且，当天夜里母亲还做了一个梦：先是看到一颗西瓜瘪了，但后来又看着西瓜重新鼓起来，又圆又亮，瓤红籽胀熟透了。她醒来之后就将这个梦讲给父亲听，并说：别生气了，也许涨工资还有希望呢。结果很快真的得到好消息，学校找了旗教育局，教育局调整机动名额，专门为父亲涨了一级工资，从此由 48 元调高到 56 元（直至 1978 年“文革”结束，再未涨过工资），仍然是学校老师当中的最高工资。全家自然喜出望外，顿时感觉生活宽松了许多，每月偿还债务的金额也增加到 30 元。

黄河轮渡

冬去春来，黄河上的冰也开始融化，到我们从伊金霍洛旗返回呼和浩特时，母亲不仅学会了使用缝纫机，而且给每个人做了一身新衣服。全家感到很温暖、幸福。

那个年代，乘坐长途汽车辗转跋涉，是个很漫长的过程。首先要起个大早，赶到长途汽车站乘车；乘客很多，经常需要提前好几天才能买到车票。汽车是个破旧的敞篷大卡车，靠四边的乘客挨个坐下来，以免从车上掉下去，中间的乘客常常只能相互依托站立着。父亲说，那年头从南出了包头都是黄土路，一路上高低不平，颠簸起伏。汽车行驶得很慢，遇到山峦或干涸的河道，乘客就不停地变换姿态，以自求身体平衡；而站在中间的更是东倒西歪，相互扶持。

那时黄河上没有桥梁，所以过这道天堑就经常成为旅途中的一个难题。最好通行的季节是寒冬，黄河被冻得结结实实，汽车可以放心大胆地从冰上通过，冰面上留下一行黄土和轮胎碾压的痕迹。夏季也算不错，依靠两岸的平面轮渡船来回摆渡汽车、货物等。记忆中，那船很大，可以停放好几辆汽车、拖拉机、马车等，乘客也走到船上一起随船过河，为此我常常感到不可思议——居然有这么大的船！因为在此之前，船在我的理解中，只是像公园里划的那种模样、大小，仅可以坐几个人。两岸很宽，河水湍急，河水和岸边都是黄色的。

最难办的是冰冻的两端，即初冬河里开始结冰或天气转暖进入凌汛期，此时既无法行船，也不能过车，就只能一天天地等待。个别的时候，可乘一种带螺旋桨的小飞机，从空中飞过黄河，再从两边乘坐短途接送的汽车前往目的地。父亲也曾坐过两三次飞机，那个年代很少有人乘过飞机，我很是羡慕，还常和小朋友们说起来。

走出荒凉的阿镇，汽车在广袤的荒原上缓慢地向北行进，驶过黄河先到包头，再想办法赶快去东河火车站，换乘京包线上的列车，这样才能在当天回到呼和浩特市。在火车站下车之后，再乘公共汽车赶到大北门汽车总站。等回到家里时，天完全黑下来了，放下大包小包，感觉既累又轻松。而如果从呼和浩特去伊金霍洛旗，则至少要走两天才能到。因为从包头去伊

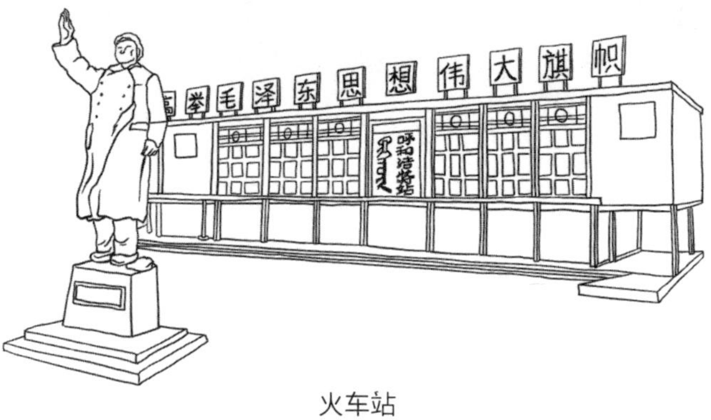

火车站

旗的长途汽车都是早晨发车，所以当天从呼和浩特去包头无法赶上。这样，只能头天晚上先到包头找个旅馆过夜，次日一早再去赶长途汽车。

六、以柴火市场命名的小学

1966年下半年，我快8岁时才开始上小学。这是因为在那个年代本来规定小孩7岁上学，而我的生日恰在10月，前一年入学不满7岁，推后一年则快满8周岁了。那一阵子很兴奋，母亲用蓝布给我缝制了一个新书包，到文具店买了铅笔盒、橡皮、铅笔、本子等，花花绿绿的，整天把这些东西翻腾来翻腾去，满心欢喜地去学校报名、上学。

我上的第一所小学叫南柴火市小学，今天看来这个名字很怪，不知其含义，当时则是由旧社会的柴火市场所命名；并且学校前边的那条路就叫南柴火市街，这个名字一直保留至今。

南柴火市南巷和南柴火市小学

但是现在，那个学校不知在什么时候更名为玉泉区民族实验小学。大约在2010年的夏天，有一次我陪父母来到大召前街旧地重游，曾专门开车找到这个地方，才发现学校还在，但校名改了；并且，当时校园里正在施工建一幢楼房，我们想进去看看，但门卫说什么也不同意，最后只能作罢。

学校在大召前街的西南边，我们上学时先从11号院走出来，拐过大召前街最南端的那个副食品店，然后沿着文庙街向西走大约150米就到了。学校在路北，校门朝南。走进去后先看到的是学校的办公室，后边是几间教室。

记得上学的第一天，校园里很热闹，学生们三三两两，奔跑、嬉戏，叽叽喳喳，人声鼎沸；偶尔会看见一两个在大召前街上认识的孩子，我们就相互招招手、笑一笑。学校里也有个洋井，课间会有不少学生挤过来，有一个压水的，不少孩子凑上去用手从出水口掬水喝。我看到一个熟悉的小伙伴，也是第一天来报名、上学，个头比我低很多，被另一个比他大的孩子打，我就打抱不平，立刻冲上去把那个打人的孩子揍了一顿。我那时在年龄相仿的孩子当中，摔跤、打架已经很厉害，几乎没有对手，所以自信心超强。并且，那个打人的孩子个子比我小，我原本估计他也是一年级的新生。谁知他实际上已上了三年级，挨打之后很快就纠集来五六个同学，个头比我高很多，冲在前边的两三个长相也很凶，可能就是他们班的“大王”之类。这下我真傻眼了，只能被动挨打，最后被打得鼻子流血，脸上青一块紫一块的。等上课铃声响起，学生们都快速散去，我才用凉水匆忙冲洗鼻子止住血。这是一次惨痛的教训，以后面对陌生人时我一般不再敢轻易出手打人了。

上学没过多久，史无前例的“文化大革命”便轰轰烈烈地开始了。有一天上午，一队红卫兵煞有介事地列队走进我们的院子，到正房把何大夫家给抄了，进进出出搬出很多东西。其中，有一些纸盒子被扔在院子中央靠近主甬道的地方，里边还有几个散落的鞭炮，我就偷偷地捡起来装进裤兜里。当时院子里的气氛有种明显的恐惧感，我感到很好奇。

晚上大召寺前的小广场也热闹起来（玉泉井旁边），附近的中小学、街道办事处等不同单位的宣传队都来了，粉墨登场表演文艺节目，唱“文化大革命”好的歌曲，斗私批修，学《毛选》等。听说菊菊也来表演了，我们就兴冲冲地跑过来挤着观看，但我始终没有看到她。至今印象最深的节目是《老两口学毛选》，一男一女扮成老头老太太，扭着身子做戏曲动作，相互对唱，你一言我一语，当时觉得很有意思。

在学校里有关“文革”的最深记忆有两件事：一是早晨上课时，学生们首先站起来，齐声高喊“毛主席万岁”“祝伟大领袖毛主席万寿无疆”“祝林副主席身体健康”；二是纠斗出不少所谓的“地富反坏右”“牛鬼蛇神”等，有那么四五个老师被迫拿着扫帚去厕所打扫卫生，他们个个低着头，有点儿不适应或怪不好意思的样子，好像当中还有我们院里的陈老师。再以后学校就开始“停课闹革命”，学生所学寥寥。因此，印象中我在南柴火市小学好像没学过什么东西，上课时间加起来也不到一个学期，头脑中一片知识空白。

我甚至总是怀疑在这个阶段我是否真正去上学了。父母都认为我应当是上学去了，因为想不起来我在这段时间还干过什么。经过反复回忆，我最后确定还是上学了，但的确是没学到什么知识。

在南柴火市小学印象较深的是，有一年国庆节，我们去新华广场参加庆祝活动。为此我们提前好几天就兴奋不已，期盼着这一天早日到来。母亲特地为我烙了一张厚饼，面粉里掺了不少素油。这种饼子又香又酥，平时我就最爱吃，但很少能吃到。把饼子掰成几块，用一张纸包起来，又拿了几个冰果（那个年代在呼和浩特一带特有的一种果子，有种说不出来的特殊味道），放在书包里，这就是我一天的干粮。天麻麻亮我就第一个走出大院，母亲跟在后边专门为我打开院子的大门。大约 52 年以后的 2019 年，当我又一次起大早，赶去天安门广场参加庆

新华广场游行

祝中华人民共和国成立70周年阅兵仪式时，在北京的家里又是母亲起来为我准备早餐；在我享用的时候，就豁然想起了儿时这次去新华广场的往事，仿佛还能感觉到香酥的烙饼以及冰果的特殊味道，心中不由得升起一种少有的感叹。

我们先在学校集合，然后列队走着到新华广场。广场上有从四面八方进入的队伍，一大早就热闹起来；按照事先划定的位置站好，周围都是穿着蓝布衣服的人，然后是长久的等待；在队伍到齐之后，就看到主席台上开始有人影出现，一会儿喇叭里响起声音，有人发表讲话，再以后好像进行了盛大的游行。

记得当时有两点是我们被提前灌输而特别关注的，一是说有什么重要人物要出场讲话，二是说要进行游行，有各种各样的彩车，十分热闹、漂亮。但参加完庆祝之后，我却发现既不知道有什么重要人物到场，更记不住一句重要的讲话，并且好像彩车也没看到，游行很快就草草结束了。

我们的队伍开始还比较整齐，老师也管得很严，到后来就松懈了，学生们三三两两地跑进跑出。等游行队伍过去以后，广场上的方阵似乎自动解散了，人们开始向四处走去，我们几个同学就结伴回家了。

说实在话，对天还未亮我就走到院门口开大门以及新华广场的情景，我有明确的印象，但对怎么从学校来到新华广场以及后来怎么回家，我却记不起什么了。但思来想去，那个年代学校组织什么活动，从来没有汽车接送，更没有什么班车，所以只能推断当时是排着队走过去的。

到了晚上，听说新华广场上还要放礼花，那可是非常好看的。不少人赶往新华广场要去看热闹，从大街小巷集中到大南街、大北街上，到处都是人，黑压压的一片。我因为年龄小，家里又没有大人领着去，就只能在院子里跟着别的孩子找个低矮的房子爬上去看，听说在房顶上就可以看到新华广场上空爆开的礼花。大孩子个子高，力气大，先占据了有利位置，挡在前面，其他小一点儿的孩子等着往墙上爬，还有的则在下面着急地向上仰起头。我是最小的几个孩子之一，只能在下边等待机会往上挤。

礼花真的开始放了，照亮了夜空，不停地在空中闪烁。偶尔能在房顶上看到礼花爆开，孩子们就异常兴奋。挤在上面的大孩子很高兴，而墙下的小孩子却干着急。最后，大孩子看得差不多了，就让开一点空当让小孩子挤上去看，这样我真的在空隙处看到一枚红色的礼花绽放开来，映红一片天空，感觉漂亮极了，既惊奇又兴奋。这就是我小时候最早一次看过的放礼花。

还有一次是学校组织去人民公园（后改为青城公园，但不知为何要改）。春暖花开的季节，我们都穿着白衬衣、蓝裤子，整整齐齐列队来到烈士纪念碑前，庄重地向烈士们敬礼。但游园开始之后，很快就形不成集体，三五成群的孩子们在假山的周围、树丛中跑来跑去，后来干脆去到湖边、水渠抓小鱼。看到有的大孩子将抓住的小鱼放在水泥台上烤着吃（水泥台被正午的烈日晒得发烫），并且说很鲜美，我们十分羡慕，也尝试着去做。我在水渠中真的抓到一条半死不活的小鱼，就学着去烤，翻来翻去，最后那条小鱼真的有点发干发黄，等差不多烤熟时，我就小心翼翼地将它一点一点地吃掉。印象中有点儿咸味，觉得真的挺好吃，另外就是水泥台上的确有点烫，在上边坐一会儿浑身出汗。

烈士纪念碑

人民公园里的假山，曾是呼和浩特市最出名的景点，在这里长大的人几乎无人不晓。假山的东西两边是两个挺大的湖泊，中间有座白色的石孔桥将二湖相连；湖边的岸柳长得粗大、茂盛，再外边便是高大的杨树，杨树在东侧连成一片大树林，一直绵延到公园外墙边；假山上长满柳树、榆树、毛桃树、松树、丁香等，山顶有个精致的小凉亭；湖边和湖中建有台榭楼阁等，绿树成荫，倒映在湖水中，显得十分静谧。划船荡波湖中，令人心旷神怡，这是那个年代当地人游览休闲的最佳选择。在很小的时候父母就带我来过这里，有一次我从假山的后坡往下跑，越跑越快，最后收不住脚步了，心里明镜似的只能向前摔倒，结果将胳膊、手等都严重摔伤。自此有了这次惨痛的教训之后，我深知向下奔跑的危险性，下山时就格外小心，再未发生过这类险情。以后带小孩儿出去玩，见到有坡度的地方，我也特别关注这一点，警惕他们往下跑时因失去控制而摔跤。

那个年代人们很少照相，我们家里留下来的一张主要照片，就是在公园湖中的小船上拍的。当时父亲在船中划船，母亲抱着妹妹坐在船尾，我则站立在他们的中间。

全家合影

在公园的南部和西部，是动物园区和游乐场，小时候我去公园时也经常到那两个地方游玩。一个个关着动物的铁栅栏里，有狮子、老虎、狗熊、金钱豹、豺狼、猴子、斑马、羚羊、梅花鹿等各种动物，这是我们最早见识野生动物的地方，总是让我们津津乐道、念念不忘；而游乐场的骑转马等项目，也是那个年代在呼和浩特市唯一有的，所以给我留下了永久难忘的印象。

还有一次，听说人民公园里展出一副鲸鱼的骨架，足有几间房子那么大，我感到很神奇，怎么能有那么大的鱼呢？在我的概念中，金鱼都是养在鱼缸里的那种精巧、漂亮的大尾巴小鱼，比几间房子都大，太超乎我的想象了。看过以后才知道：此鲸鱼也，是生活在海洋中的一种巨型动物，的确有几间房子那么大；而非金鱼也，读音相似，却不是同一物种。这个经历，也让我隐约感觉到海洋之大、世界之美。

在南柴火市小学时还有一个较深的记忆，是春天来临时狂风大作，有时会把整个天空都刮成泛黄颜色，从外边看房间的电灯有点发蓝光，院里显得特别昏暗。那时我们没觉得这种天气有什么不好，只是感到新奇和好玩，就在风中跑来跑去；有一次吸到肚子里的冷空气太多了，回家吃完饭以后就开始肚子痛，直想呕吐。母亲说，可能是“压住凉气了”，就让我趴在炕头，尽快把肚子暖起来；等身体发热之后，吐出几口凉气，肚子很快就不痛了。所以，改革开放几十年以后，人们常提到北方的沙尘暴问题，说是人为破坏自然生态造成的恶果。而我却认为：这绝不单纯是改革开放的产物，事实上在我们小的时候，每到春季就经常发生。

顺着大召前街往北，走到大召寺西边的通顺街路口，稍北的西夹道上有一个和平电影院，我们小时候常来这里看电影。电影院坐西朝东，几扇涂成蓝色的木头大门，靠北边的墙上开着一个卖票的小窗口，一有电影放映时，前边总是挤着许多人排队买票。那时候没有什么娱乐活动，大家都喜欢看电影，但放映的都是黑白片。一些战斗故事片，像《地道战》《地雷战》《平原游击队》等，我们最喜欢看，非常着迷。

电影院北边不远的地方，是一个绿色的邮电局。父亲每月发工资后给我们寄来的生活费，就是由这里的邮递员把取款单送到我们大院来，并习惯性地站在门口喊："大召前街 11 号，×××"。经历得多了，院里的人几乎都认识他；母亲常说：几十年过去了，她仍然能够记得那个邮递员的模样和轮廓。父亲说，他在伊盟工作期间，除了学校的伙食费，定期会买一袋牙膏和一块肥皂，除此之外几乎没有什么花销，每月按时把工资全部寄回家里，从 20 多元增加到 30 多元。

到 1966 年随着第三个孩子出生，家庭人口增加到五个，生活的困难似乎丝毫未能减轻，母亲就总想出去找点工作，以补充家里的收入来源。正好院里住南房的一个邻居，家里的老头儿在大召前街的一个麻袋厂工作。经他介绍，有一阵子母亲承揽了一个活计，就是给麻袋厂缝口袋。原来麻袋厂有个产品，是用牛毛织成厚厚的口袋面料，然后雇人将两边缝起来、收好口，这样就成为一条完整的牛毛口袋。

母亲既年轻又能干，口袋缝得又快又好，经常跑去麻袋厂领面料，缝好后再及时送进去。缝口袋采用计件付酬，每缝一条给一角钱，这样缝得多挣钱就多。可是，后来揽这个活计的人越来越多，而可缝的口袋却数量有限，所以就经常领不到了。但那个坐在仓库门口管事的老头儿，却经常专门留下一些给母亲承接。一是因为母亲的针线活儿好，缝的口袋结实，轻意不会损坏；二是知道我们家生活困难，有意想让母亲多挣一点钱。凡是领十个或更多的时候，母亲就很高兴，在家里加班加点赶快缝好；凡是领五个或领不到时，母亲的情绪就多少有些失落。

的确，自从母亲承揽缝口袋的活计并且干得十分起劲儿之后，我们家的收入明显增加，生活顿时也宽松了很多，并开始有了积蓄。等攒到120元时，又给父亲买了一块上海牌手表。至此，当年俗称的“三大件”，即自行车、缝纫机、手表，我们家全部买齐，这在当时当地对一个普通家庭来说，实际上并不容易。这需要家长省吃俭用和勤劳持家，两者缺一不可。所以，长期以来母亲总认为：对一个家庭来说，什么有钱没钱，钱多钱少，都不是最重要的，关键是看你会否过日子；会过就有钱，不会过就没钱。也就是常言所说：吃不穷，喝不穷，计划不周就受穷。

“文革大串联”开始后，父亲曾经带着学生去北京“闹革命”，那是他平生第一次有机会来到祖国的首都。动乱年代，社会秩序遭到严重破坏，坐火车、乘汽车、住宿、吃饭等都不用自己花钱，并且还可以在一些专设的联络点上打借条借钱；北京到处都挤满了来自全国各地搞“大串联”的人。

我问父亲：当年“文革”搞的“大串联”到底是要干什么？或者你们到北京究竟干些什么？他说：住在朝阳区的一所学校

里，主要是等着毛主席在天安门广场的接见（他们是“文革”中毛主席第六次接见的红卫兵），平时则由停放在学校里的解放牌大卡车接送（都是草绿色涂装的崭新汽车），到各大学看校园里铺天盖地贴出来的大字报；主要关注的是写谁的大字报，下一个会把哪个重要人物纠出来，等等。大家懵头懵脑，心里多少有些不安。有一次在返回来的路上，他们竟看到在街边的墙壁上赫然写着“打倒刘少奇！”的标语。大家像触了电一样，十分惊悚，赶快把头扭向一边，谁都装着没看到一样，紧闭嘴巴一声不吭。当时无人敢想象竟会写刘少奇的大字报！父亲说，“文化大革命”的实质及“大串联”的目的，就是把红卫兵小将等发动起来，相互观摩学习，斗一小撮所谓“走资本主义道路的当权派”。后来刘少奇真的被定为党内最大的“走资派”。

参加完天安门检阅之后，他们就乘火车返回伊克昭盟，途经呼和浩特站时父亲独自下车回到旧城大召前街的家中。父亲说：“文革大串联”中，火车上挤满了乘客，过道、厕所均水泄不通，座位下和行李架上也都躺着人。他们的学生只能三三两两分散在不同的位置，有什么事就相互传话通知。他因中途下车，必须对学生做好各种安顿，其中有件事是：有个低年级学生，他的饭盒放在父亲那里，饭盒中装着两三个馒头和一节香肠，下车时父亲因找不到那个学生，就将饭盒委托给身边的另一个高年级学生，让他代为转交。但直到几天后父亲返校，才发现那个高年级学生并未将饭盒转交给那个低年级学生，而是自己把那些东西都吃掉了，并且连饭盒也不知去向。直到那个低年级学生找父亲要饭盒时，父亲才发现这个问题。为此，那个高年级学生感到很不好意思，主动提出赔 2 元了结此事。

那是十月的季节，呼和浩特的气候已经有些凉意，父亲在天黑之后才蓦然推门进来，出乎意料地出现在我们的面前，这不期而至让我们惊讶得有些张口结舌。父亲也十分高兴，饶有兴趣地给我们讲了许多在北京“大串联”的见闻，尤其是去天安门广场，还受到毛主席的亲切接见，更是令我们兴奋不已。同时，父亲还专门给我买了一支铁制的驳壳枪，是由上海一家玩具厂生产的，其造型与电影里八路军连长手中握着的枪非常相似；并且还真有一个子弹夹可以取下推上，夹子里能装上五六发塑料子弹，每扣动一次扳机果真能从枪口中打出一发子弹，连扣连发。这简直太神奇了，周围的小朋友都从未见过这么逼真的手枪（我们平时玩的手枪，都是自己用木头或铁丝做的，仅仅是像个枪的样子而已）。我更是爱不释手，握着它不停地变换姿势，瞄准、射击……

但这支像真枪一样的驳壳枪，射出的子弹却只能打 1—2 米，力道不足，所以实际上打哪儿都不准。以后我们家几次搬迁，这支枪始终未丢掉；但在“文革”十多年当中我也未曾在其他地方见到过第二支。直到改革开放以后我去北京上大学，有一次在王府井逛商场时才在玩具柜台不期而遇，那时这种手枪还在卖，十几年都未做过改进（只是扳机收窄了一些），在我的心里油然升起一股久违的亲近感。但后来在八十年代，我也常以这件事举例，说明国有企业“几十年一贯制”、不思进取的体制性弊端。

七、12 号院英海一家人

在我们院子的北边就是大召前街 12 号院，那也是一幢临街的青砖大院，门庭似乎比 11 号院还要高大一些。传说解放初期这个院子曾做过呼和浩特市的郊区法院，在这里审判过不少案子。法院迁走之后，由于住户大部分也来自郊区，院子里比较杂乱，后来大多数人家还在自家的门前用砖头土坯等盖起一些小凉房，用来储存杂物。这样就使每家之间自然形成隔离，院子里的完整性也遭到破坏。我们和他们来往不多，所以跟大部分人家并不熟悉。

但住在院门口的英海家却和我们家走动很多，长大一点后，我也经常跑到他们家里玩。听母亲说，我们两家之所以亲近，主要是投缘；英海的妈妈常觉得我们家生活困难，总想帮点忙；这样母亲外出时就经常把妹妹放到他们家看管，叫作“看孩子”。母亲也常给他们家的孩子做双鞋或买点什么小东西，作为人情往来。

他们家有五个孩子，其中英海和狗狗兄弟俩排行老三、老四，上边是两个姐姐，下边还有一个妹妹。英海与我同岁同年级，狗狗比我小 2—3 岁。他们家的孩子都有个特点：嘴唇厚，说话时容易把大板牙露出来。他们家的屋子也不大，但人丁兴旺，所以总是让人感觉家里很热闹；并且，他们对我也十分热情，无论谁见到我，都会露出笑容和我打招呼。

从大召前街上走进 12 号院大门，在门庭南侧的砖墙上开着一扇门，那就是英海家（过去大约属于门房之类，见第 8 页图）。推门进去，右手边是一盘通炕，七口人就睡在上面。直对着家门的山墙上还有一扇门，里边应当是一间没有窗户的小储藏室。但那时候我们不懂这些，就叫它“黑屋子”，总是看到里边黑乎乎的，的确有点害怕。原因是：我们小的时候，干了坏事最怕挨家长打；但他们家的大人却不打孩子，而是将他们关进那个“黑屋子”，惩罚的轻重体现在关进去的时间长短上，有点像部队里关禁闭的意思。“黑屋子”对英海、狗狗始终是个严重的威慑，我亲眼看到父母将他们往“黑屋子”推扯时，他们哭爹喊娘求饶抵抗的场景。小妹叫毛毛，对“黑屋子”也有点害怕，说起来都是心有余悸的样子。因常跟这兄弟俩在一起玩耍，并受他们的影响，以至于我也跟着害怕起来，常常不敢靠近那个地方。并且，有一次他爹还真的吓唬过我，说：你不听话，小心把你也关进去！

他们家的人都很淳朴，狗狗又十分憨厚。有段时间他总是跟着我玩，像影子一样不离左右，很听我的话。他们院里另外搬来一户人家，好像家长很厉害，所以小孩儿也跟着有些蛮横，并且兄弟俩是对双胞胎，叫大贝、二贝，打架很齐心，一起上来打；大贝、二贝年龄比我小，但比狗狗大，平时行为较为顽劣，专好欺凌别人，所以附近的孩子们都有点怕他们。有一次在玩耍中不期然和我打起架来，两个人一呼应，立刻凶猛地冲上来；我虽然吃了一些亏，但自此却消除了对他们的畏惧心理。从那以后，我总是琢磨着怎么找个办法来对付这兄弟俩。但家里又无兄弟可依靠，就打定主意做狗狗的工作，让他做帮手，寻找机会予以回击。狗狗平时也常被这兄弟俩欺负，心存惧怕，总是躲着他们走，但在我的反复劝说下，终于放下包袱，表示愿意出手。那以后的一天，趁狗狗在场，我便强硬地回应这兄弟二人的挑衅。二人开始时有些惊愕，撸起袖子正要冲上来打架时，却看见狗狗站出来拽住其中的一个，准备动手。兄弟二人见势不妙，立刻软了下来。主要是他们平时对我就有些忌惮，知道一对一打起来，肯定不是我的对手。从此以后，他们不仅不再敢惹我，并且对狗狗也退让三分。

不久就要过春节了，三五成群的孩子们在院子里进进出出，都兴奋地期盼着除夕夜能早点到来。那一天各家各户的孩子们都纷纷换上新鞋、新衣服，有的还有新帽子、新袜子等，相互之间进行展示、比较，以致谁穿的新衣服是什么样子的，从里到外，大家都心知肚明。那个年代，每年的新衣服都是放在过春节时才换上，无论大人小孩儿，几乎每个人都焕然一新。

天渐渐地黑下来，家家户户开始亮起电灯，从窗户上可以看到大人们在屋里忙碌的身影。孩子们在院子里越聚越多，也越来越兴奋，不少已开始点燃炮竹，四处稀稀拉拉地响起爆炸声。孩子们还经常说一个顺口溜，让人感觉挺好笑的："过大年放大炮，爷爷把着奶奶尿；奶奶尿得哗哗哗，爷爷笑得哈哈哈！”

那时 100 只最小的鞭炮只卖 1.3 角，是由江西文家市出产的；还有大一号的，有小指头那么粗，叫“麻雷子”。最大的就是“二踢脚”，先在地面响一声，蹦到空中再响一声，响声很大，震耳欲聋。

从很早开始，孩子们就想方设法跟家长要点钱，平时不舍得花，攒多一点儿就看能买个什么炮竹，尽量想多买几样；还相互领着跑到各家各户，看各自买的炮竹是什么样的，一次又一次地数来数去。

我们把那一板子一板子由红纸包装的小鞭炮拆开（散发出一股火药味），散装进衣服的口袋里，放炮时再一个一个掏出来，用柴火棍或香点燃引爆。孩子们相互观摩、模仿，越放胆子越大；到最后就敢把鞭炮捏在手里，等那捻子快燃到底时才扔出去，在空中火花一闪，“叭”的一声炸开。再到后来，有的点着后就悄悄地扔到别人的脚下，炮竹一响那个人冷不丁被吓一跳，逗得旁边的孩子们哈哈大笑。最后又干脆往人群里扔，两群孩子就相互对垒，有点像打仗似的。那些小姑娘就成了观战团体，跟着看热闹，有的不时捂一下耳朵，躲闪爆炸的鞭炮。有时我们也会把鞭炮故意扔到她们的脚下，看到她们被炸得吱哇乱叫，大家都觉得很好玩。而我放炮扔得又远又准，经常在一群孩子的头顶炸开，这让我很是得意。但有一次因为爆炸点离 12 号院一个女孩子的脸太近了，不仅没有带来笑声，反而把她给炸哭了。她妈妈看见后急眼了，像头狮子一样冲上来，凶狠地把我斥责了一番，还差点动手揍我，说“你把小姑娘的脸炸坏了怎么办？”并不依不饶，发誓一定要去告我母亲。我吓坏了，真没想到放炮会带来如此严重的后果，从此再也不敢往别人身上扔了。

英海家与我们家的交往中，还有一件是关于买小鸡、养小鸡的往事。那年夏天到了，也不知从哪儿来了一些卖小鸡的贩子，他们用长扁担前后挑着两个扁平的竹编鸡笼子，直径足有1米多长，在大召前街上招摇过市。毛茸茸的小鸡挤在竹笼里，叽叽吱吱叫个不停。买小鸡的大人和小孩们围在四周观看、挑选。

英海妈妈是个小脚老太太，心地善良，对人热情，就积极动员我们家买小鸡，长大了好下蛋。她和母亲说：“一块钱买五个，我给你挑。我最会挑小鸡了，保证是草鸡（指母鸡）。”在她的鼓动下，我们家真的买了五只小鸡，为此我们也感到很兴奋，每天都看着它们一点点长大、变化，盼望着都是草鸡，长大后好下蛋。

但有一次，我在家门口端着碗吃饭时，却有一只已长大不少的小鸡没想到忽然飞到我的饭碗里找食吃，情急、恼怒之下，我赶忙放下碗一把抓住小鸡并发狠地把它摔到地上。本想只是教训它一下，未曾想用力太大，一失手成千古恨，那原本活蹦乱跳的小鸡倒在地上抽搐了几下就蹬腿不动了。而在我放下碗的时候，另外四只小鸡围上来抢食吃。我感到很是懊悔、愧疚，心痛不已；同时还怕挨母亲的责骂，就叮嘱在场的妹妹不要把小鸡被摔死的真相告诉母亲。可过了不到一天，我却不知因为什么得罪了妹妹，她就把这事告诉了母亲。母亲说，她本来就感觉蹊跷，好好的小鸡怎么会突然死了呢？后来其余四只小鸡逐渐长大，真的是草鸡多，并且常常能连续十天八天下蛋，当时对改善我们的生活做出了重要贡献。

我们家第一次搬迁是在1969年寒假期间，事后看来带有很大的偶发性。主要原因，一是旧城的房子实在狭小，1966年随着二妹妹的出生，逐渐感到一家人真的住不下了；二是当时在呼和浩特火车站附近有个远房亲戚，我们都叫她“姨姨”，有一次母亲去她家时正好碰到另一个来串门的女人，以后熟悉了就叫她兰柱女人。聊起来才知道：当年兰柱在呼和浩特市铸锻厂当工人，他们家就住在工厂附近；房子是与另一户合伙自建的，共两间房，每家一间。但另一户是个单身老汉，长期在外地做临时工，平时并不回来，所以房子自建成之后就从未搬进去居住。同时，他还让兰柱家自行做主寻找一个住户，好与他们做伴。自那次见面之后，兰柱女人就很想让我们家搬来与他们做邻居，因为平时他们一家人住在那里，没有左邻右舍，感到实在太孤单了。于是，一来二去，母亲就动了搬家的念头，并很快决定在父亲寒假返校之前付诸行动。

那个年代搬家的运载工具十分短缺，大部分情况下都是用排子车自己拉。但从旧城大召前街搬到铸锻厂那里也实在太远了，人力已难以企及。思来想去，母亲就去找英海家。英海爹当年是牛奶厂的职工，每天骑辆自行车拖着两个铝制的奶桶，挨家挨户为订奶户送鲜奶。为了收牛奶，厂里有不少毛驴车，他爹也会赶，就说好利用星期天帮我们搬家。

搬家的情形我已没有多少印象，唯一记得的是旧家搬空时我又回头看了最后一眼；屋里显得空荡荡的，与平时的感觉不大相同，好像宽敞了许多；当时我心里在想：这下我们家也可以像河河家一样，住上一间大一点的房子了。但最后走出院子时却有种茫然若失之感……

通道街上的清真寺

搬家的路途十分遥远，走过大召前街，途经小什字、大什字路口，又走过大北街、北门外广场，顺着通道街一直向北。毛驴车上装载的全部家当中，重要的有那个大木柜、那台五一牌缝纫机、炉子和铁皮烟筒，此外还有一些锅碗瓢盆、砖头瓦块、煤炭和柴火等；最上边就是用硬纸盒装着的那四只小鸡，随着一路上的颠簸，它们在盒子中也叽叽吱吱叫个不停……至于那台缝纫机是何时从伊克昭盟运回呼和浩特的，后来我们谁也想不起来了。

同时，还有明显却说不清的事，那就是当年铸锻厂的确切位置到底在哪里。从地图上推断，应当处在通道街以西、车站西路以北的一带，现在应当属于呼和浩特市的中心区域。但当年那里却很僻远、荒芜，基本上处于城市西北端的边缘，周围主要是一些工厂和一排排由红砖砌成的平房（那都是各厂建的家属房）；与旧城相比，这里无论是在形态还是色调上，分明是两个不同的天地。

八、孤单的两间土坯房

兰柱他们两家人盖的两间房，处于当年呼和浩特市铸锻厂的西边，坐落在一条由北向南的空旷河床上（现在看起来应当属于扎达盖河）；河床里常年无水，沙石裸露，稀疏地长着一些杂草；沿着河床向北走一里左右，就是京包铁路线，铁路上有一股走到哪儿都相同的石木和柴油的混合味道，闻起来鼻子有些发干的感觉；在那些铺轨的碎石当中，夏天也有蛐蛐的叫声。但那些蛐蛐个头很小，黑色中有点暗黄，特别贼，很难遛熟，好像也不怎么斗架。

两间孤零零的土坯房，坐北朝南，用一些木柴围起一个简陋的小院子。兰柱一家住在东边，共有六口人，我们就搬进西边的那一间。屋子是比大召前街 11 号院的旧家大了许多，但条件却十分艰苦，附近没有商店，没有人家，没有水井，四周都是荒地，住在这里的确感到很是孤单、寂寞。

搬进来时，我们住的那间房实际上还处于“毛坯”状态，父母骑着自行车兴冲冲地连续跑去好几天，找人砌炕、用砖墁地面、用小髯泥抹墙壁、用麻纸糊顶棚等，最后再把窗户也修葺一新。当时因天气还有点冷，搬来时首先得把炉子装起来，放置在屋地中央，烟筒从窗户上的一个洞口通到窗外；炕要烧热，把家里的铺盖都用上。我的印象，一是感到屋子宽松了很多，有些新鲜感；二是次日早晨醒来，觉得睡在炕上很温暖、香甜。

搬家之后，就到了开学的时间，父亲匆忙启程赶回伊旗中学。留下来我们一家四口人，个个都感到很生分。母亲说，搬来之后她就感到有些后悔，主要是太陌生、太孤独，闷得发慌。与大召前街 11 号院相比，简直是天壤之别。她总是念叨着大召前街旧院的各种好处，那是一个多么熟悉、温馨的环境啊，令人留恋、难忘。

她十分喜欢、想念旧城、旧院、旧家，没事的时候，就一个人站在院子中间发呆，惆怅地望着南方。但每当她到火车站前那个姨姨家说起这种思念和苦恼时，姨姨却总是用她那特有的大嗓门，诈唬着说："就你们大召前街好！那么小的房子一家人怎么住？人家是私人房，房钱也不要，两家又做个伴，多好！"

两家的几个孩子很快就玩在一起。邻居家的大儿子叫喜喜，比我大 2—3 岁，经常领着我到附近的地方去玩。东边是工厂，他爸爸就在一个翻沙车间里干活，穿的工作服总是不干净，经常脸和双手也是黑的；厂区有高耸的烟囱、宽敞的车间，到处都是堆放的钢铁、各类设备等，乱糟糟、黑乎乎的，到哪儿都弥漫着一股钢铁混杂着汽油、柴油的味道。西边的河岸上是一片家属区，一排排红砖瓦房一望无边；那里也有一个洋井，供周围小区的人们饮用水。洋井距离我们家约有 300 多米，我们几乎每天都到这里来挑水，感到既艰苦又发愁。

开学之后，母亲领着我到南边很远的一所小学去转学。说是转学，但那时的手续非常简单，印象中并未开申请、证明之类的东西，也不要户口、居住证（那时没有居住证的概念）等，只是去学校找到某个老师做一个简单登记，第二天就可以分到班里正式上学。在一个新的集体中，开始我有些陌生、胆怯，但很快就熟悉起来，并接着将我顽皮、好动的天性暴露出来。

在这所小学里，当时流行一种像眼镜片大小的小弹弓，大多数的男孩子都有一两个。小弹弓架用铁丝弯成，系上细猴皮筋，射一粒小铁砂，打完别人之后就可以赶快握进手里隐藏起来，让被打的人找不出背后是谁干的。尤其是上课铃声响起之后，同学们都纷纷跑回教室落座，趁老师刚走进来还在嘈杂之中，我就在后边偷偷地用小弹弓打前边同学的后背，并迅速把小弹弓藏起来。前边被打的同学猛地哆嗦一下，痛得龇牙咧嘴，回头看时又不敢声张，有点哑巴吃黄连的味道；而坐在后边看到全过程的男女同学们就捂着嘴偷笑，大家都觉得很好玩。

有一次上课做练习题时，同学们在相互讨论，教室里有些凌乱、喧闹。我看到坐在前边那个经常被我拿小弹弓打的男同学，正趴在书桌上和前边的同学讨论作业，裤子紧绷在屁股上，就突然心血来潮，悄悄掏出小弹弓，快速拉满并瞅准时机狠狠地将小铁砂打在他贴紧裤子的屁股上。这种小弹弓弹力并不大，一般打在不贴身的衣服上只是稍有感觉，只有贴近肉的地方被近距离打准才会像针扎一样地疼。这次本来以为那个同学仍会像平时那样，又龇牙咧嘴地回头望一眼，逗得后边的同学们偷着乐；但没想到打得太准太狠了，那个同学承受不住，头也未回就趴在桌子上抽泣起来。后边的同学看着这一幕，都有点傻眼了，一下子全部沉默起来，并有点责怪我的意思。这太出乎意料了。我很后悔很着急，并产生了一种危机感，恨不得赶快上前哄哄那个同学，要他千万别哭出来。

老师很快发现情况异常，查问是谁干的，同学们就将眼光悄然投向我。我知道隐藏不住了，并被老师叫起来。老师十分生气，不仅没收了我的小弹弓，而且要通知家长到学校来领取，否则不准我再来上学。这下我真感到闯了大祸，不仅心疼那个被没收的小弹弓，而且不能不告诉家长，实在追悔莫及。

关于那个被打的同学，我们俩其实是最好的伙伴，经常在一起玩耍。这是我在这所小学中印象最深的一件往事，但这个同学的名字，后来我却忘得一干二净。

甚至这所小学叫什么名字，在什么位置，我始终并未弄清楚。而且，母亲也干脆记不起来我在铸锻厂附近上学这回事。我说：肯定是上过，就在我们家南边的一个较远的地方。上下学还要经过一个很大的工厂，那就是当时很有名的呼和浩特市电子设备厂，据说中国第一颗人造卫星上天时，卫星上就有该厂生产的元器件；我们就是沿着工厂东墙外的一条土路径直朝南走过，每次都要经过工厂的正大门。工厂四周的围墙由红砖砌成，后来我还和附近的孩子们一起爬上去玩耍。这是唯一比较清楚的记忆。

为什么我们对这一段经历都没什么记忆呢？主要是因为我们家在这里居住的时间太短，我很快就转学到新城的新华小学（那是另一次搬迁）了，所以家里人的印象都不太深。

我们家搬迁到铸锻厂附近时，天气乍暖还寒，冷风从空旷的河床上直截了当地吹过，裸露在外的手被皴出一条条裂纹，痛痒痛痒的。我又开始做风筝、放风筝，风筝线是从旧城的家带来的，缠在一只自己钉制的线板上。房子周围空寂无人，到处是荒草，感觉比大召前街好放多了。还有一点印象，就是这里的孩子们无人放风筝，也不懂，所以放了几次我也就没兴趣了。

四月以后开始狂风大作，刮起的黄沙遮天蔽日，在上下学的路上，脸和手经常被打得生疼，感觉比旧城大召前街的风沙厉害多了。解冻后低洼的土路上开始翻浆，有时会使自行车的轮胎陷进去，黄乎乎的沾满泥巴。

随着气候越来越温暖，天空也会渐渐地平和起来，空气变得潮湿。风和日丽的时候，让人感到筋骨舒展，呼吸顺畅。紧接着开始下起雨来，大人孩子都十分欢乐，空气中弥漫着一股泥土的芬芳。但有一次雨淅淅沥沥下了一整天，我们待在家里就发起愁来，盼望着雨水早点停下来或下小一点儿。因为这土坯房经不起大雨的长时间浸泡，否则房顶和墙壁就会漏雨，并且滴水的速度越来越快，甚至连起串儿来。这时母亲就会把大盆小盆放在下边接水，差不多接满时就端起来把雨水倒在门外。麻纸糊的顶棚自然会多处洇湿、损坏，像一张张地图一样；有的地方因漏雨太厉害，还要专门把顶棚撕掉一块，以避免过大的牵连。母亲想起 1959 年冲垮牛桥的那场大雨，这让她经常感到十分担忧。

大雨过后，院子里一片泥泞，这时就无处下脚，很难出门。在周围的一些低洼处积起一湾一湾的水来，尤其是在我们院子前不远的一处，积水的面积足有 2—3 亩那么大，中间有一米多深，好长时间都未干涸，以致后来在水面上出现了不少灰白色的尖嘴水鸟；大大小小有两三种，经常在空中飞来飞去。

这是我始终搞不明白的一个问题：平时这里极为空旷、干旱、荒芜，既没有水，更看不到有任何水鸟，怎么积起一片水来就会有水鸟出现，它们是从哪儿来的呢？难道是从水里生出来或是天上掉下来的吗？长大后我才听有人说：有水的地方就有水鸟。也许这句话是真的，但我始终觉得很奇怪，一直也不解其故。

是否“有水就有水鸟”，的确不得而知。但有水就有灵气，却立竿见影。自积起大片雨水之后，这里就吸引了不少孩子在水边嬉戏，跑来跳去，增添了许多乐趣；有的开始用木头做一个小船放在水里玩，但这些船大多不会航行，只能在原地打转转。后来不知是哪位大人参与进来，做了一个更大的木船，在船上插一根木棍儿，上边用油毡挂起一个小帆；同时在船底的尾部中间还竖着锯出一个小槽，将一段废旧的铁锯条嵌到里面去作为舵，这样放进水里小帆船就能顺着风向径直驶往对岸。有的孩子不懂这些，做的船缺舵少帆，有的则做的帆过大或过小，过高或过矮，所以帆船难以航行，或者风一大就被吹翻在水中。我想方设法找来木头和旧铁锯条，做了好几艘，有大有小，有宽有窄，主要是根据找来的材料设计确定。并且，越做越有心得，船在水里行走得又快又直，每次和孩子们的帆船比赛中都能胜出。

这是我们家在铸锻厂附近居住时，我玩过的一种不一样的东西，以后再未做过，甚至在其他地方也从未见到过。另外，就是那种射铁砂的小弹弓，在其他地方也未曾发现过。我推测主要的原因，是铸锻厂附近是个工厂区，到处可以找到小铁砂，所以才能发明并流行起来这种小弹弓。

再有一个难忘的记忆，是那时正好赶上中共九大的召开。在那之前的几个月里，常听大人们总是唠叨起“九大”这个词，好像是件很大的事，预期会很热闹，传言林彪将被确定为伟大领袖毛主席的接班人，大家对大会的召开十分期盼。时间一天天流逝，“九大”真的胜利召开了，工厂里的职工们手里举着一面面用纸做成的三角彩旗走到大街上列队游行；我还看到铸锻厂、动力机厂（是东边紧挨着铸锻厂的另一家大厂）等做好的彩车，披红载绿，随着游行队伍隆隆地走过。

游行过后那辆彩车就没有用处了，停在工厂中的一块空地上经受日晒雨淋，眼看着它一点点变旧、生锈，以致后来干脆又被工人们拆卸掉了。

再一个相关的记忆，就是厂里有个大礼堂，里边排列摆满了一条条长排木椅，后面的墙壁上贴着四个长胡子的人头像；还有一个没胡子的，就是毛主席。那是我第一次走进礼堂这样的地方，对于一切都感到很新鲜、好奇，与在工厂其他地方看到的景致大不相同。也是我第一次看到挂着的马恩列斯毛的巨幅头像，当时不知道是干什么用的，只是感到有些陌生和紧张。会场里陆陆续续地坐满了人，大家神情庄重；过了一会儿，台上的人把喇叭打开，原来这里可以直接收听到“九大”的现场声音。喇叭里比较嘈杂，时而掌声雷动；林彪拉长声调的讲话听不清是讲什么；呼喊“毛主席万岁”的口号此起彼伏，声音激动而颤抖。我们几个小孩儿待在礼堂的后边，在无人坐的空长椅上跨来跨去；会议开始后跟着大人们听了一会儿，也搞不懂什么意思，很快就意兴阑珊。

那年我刚过 10 岁，有一阵子迷上了学骑自行车，就在院子前边的空场地学会了。但自行车是 28 寸的，很大，腿跨不过横梁，小孩儿学骑时，只能是在侧面将一只脚从大梁下跨过去踏在另一边的脚蹬子上，双手握把，看起来人比自行车高不了多少。这种骑法那时叫“掏裆式”，重量自然偏向一边，车是侧斜的，实际上是别着劲儿，所以很难骑、很费力。还经常摔跤，将车把摔歪了，就到自行车前边用双腿紧夹前轮，用手使劲扳正；孩子力气小，有时扳不动，旁边的大人看到了，就主动走过来帮忙扳正。

最怕倒向右边，那样连车带人都摔倒在地上，有时还会把脚蹬的腿儿压弯（当地叫公鸡腿），卡住轮盘不能转动了，或者会剐蹭挡泥板。每到这时只好告诉家长，家长就知道我又偷着骑车了，免不了再挨一顿训斥。

随着自行车越骑越稳、越骑行走的距离越长，我的胆子也逐渐大起来，并经常趁母亲不注意时偷着骑自行车。有一次我还暗中做了个计划，将自行车骑到马路上尝试着向东行去，然后顺着通道街摸索着向南，经过熟悉的北门外广场，又沿着大北街、大召前街，一直骑到 11 号旧院，然后将自行车推上熟悉的门庭并打住锁好。完成这个壮举之后，我心中好一阵激动，也由衷地感到愉悦和兴奋。同时，更热切企盼着能见到那些熟悉的小朋友，好久不见他们了，日思夜想，也很想跟他们一起玩耍。

清真寺中的望月楼

紧绷的心松弛下来，我转身走出大门，看到在大街的西侧正有不少孩子在嬉戏、打闹。多么熟悉和亲切的场景啊，我克制住内心的紧张与激动，连招呼都没顾得上打（那时也不懂），便直接参与到他们的嬉闹当中。小朋友们发现我的出现，个个感到很惊讶，不约而同地停顿下来，从四周向我靠拢过来，情不自禁地脱口说出："军军！""军军！""军军来了！""军军来了！""军军来了！"

路过或站在旁边看孩子们玩耍的大人们也发现了我，就相互传递消息，有的大人甚至专门从附近的地方走过来看我；还有的向不了解事由的人作介绍，说：这个孩子，前一段时间他们家搬走了，现在他又跑回大召前街来玩。而我们并不理会大人们，只顾埋头摔跤、打闹。并且，这个消息很快就在周围传开了，不久好像大家都知道我回大召前街来玩耍这件事。可想当年我在大召前街旧院这一带的大人孩子们中间，实际上还是小有名气的，主要是因为贪玩、好动，摔跤和打架厉害。

与此同时，在铸锻厂附近新家这边，母亲发现许久不见我和自行车的踪影，就向妹妹和其他大人小孩打听，可是谁也不知道我去哪儿了。母亲就到我平时经常去的地方找，发现依旧踪影全无。随着时间过去，她越找越着急，就跑到东边动力机厂、铸锻厂这边寻问，也不见踪影；但厂门口那个看门老头儿却提供了一条重要信息，说他的确看到有个小不点儿，独自骑着一辆自行车，沿着马路边向东行去。当时他心里就掠过一个想法：这是谁家的孩子啊，怎么这么胆大，这么小竟敢一个人骑车到马路上来玩。不过，已经过去很久了。母亲听后更觉害怕，并据此推断我可能是骑着自行车到大召前街玩去了，便匆忙赶去找我。

母亲辗转来到大召前街时，已过了有一个多时辰，而我和孩子们早已玩得忘乎所以，对她的突然出现，感到很惊奇，我更没有想到她会找到这里来。母亲本来是又急又气，找到我时准备狠狠地教训一番。但真实的过程却是：那一刻她悬着的心放下来了，并且变成软心肠，对我并未发多大的火。50多年后，说起这件往事，母亲的记忆中怎么也想不起当时她是怎么从铸锻厂新家赶往大召前街的（因为自行车被我骑走了，当时公交车很稀少）。

现在想来，仍感到的确有些不可思议。因为当年我只有10周岁，根本不知道走过的那些路叫什么名字或者是些什么路，万一走迷路连家在哪儿都说不清楚（事实上我们住的地方根本没有门牌号码，甚至连个地名都没有）；二是刚学会骑自行车，那么远的路途，又经过不少人流密集和多车的路段，万一在哪儿摔一下或撞一下，自行车坏了，那么后果都不堪设想。所以，后来常听母亲说，这是件最让她感到后怕的事，始终难以忘怀。

就在这件事发生不久之后的一天，我们在院子里玩耍时看到从外边走进来一个穿着蓝布衣服并背着一卷行李的老汉，兰柱老婆见到了先是有些意外和惊讶，接着赶紧招呼说：他大爷回来了？稍加迟疑，就迎进了他们家。很快我们就知道了，这个背着行李卷走进来的老汉就是我们家的房东，听说是五一节工地放假他特意从毕克齐回来休息的。那怎么把行李也背回来呢？老汉闷闷地说：想让你们两个媳妇给拆洗拆洗。

我们开始感到既新鲜又紧张，暗中注视着老汉的一举一动。一个尴尬的问题是，他回来实际上无房可住，就只能暂时跟兰柱一家人吃住在一起。我们心里都默默地期盼着他早点回毕克齐的工地去，这样大家就都会感到轻松。可是时间一天天过去了，他却丝毫未露出要走的迹象。两家人还是殷勤地讨好他，尽量做些好吃的给他吃，但他的脸色却越来越冷淡、沉默、僵硬，于是有种不安的气氛越聚越浓。

终于有一天他实在按捺不住了，就猛烈地爆发出来。开始是母亲在院子里时，听到兰柱家里有人在吵架，兰柱大声说：雀燕也得有个安落处呢！人家女人娃娃的，你让她们一下子搬到哪儿去？接着有一天，我们几个孩子正在院里玩耍时，看到老汉从外边怏怏地走进来并黑着脸吓唬说：回去告诉你妈赶快搬家。不然就到你们家拧灯泡、卸门窗！

在惴惴不安的氛围中又过了几天，有一个早晨，还在我们起炕之时，就听到后墙有咚咚咚的刨地声。我们立刻紧张起来，慌忙起身穿衣服。原来是那房东老汉拿着一把镐头，虚张声势地说要刨他家的房子。紧接着就听到兰柱从隔壁家里急忙跑过去制止他的声音，两人为此发生了激烈的争吵。

后来听母亲说：看到那老汉久住不走，她就有种不祥的预感。矛盾爆发出来之后，她感到很难受，无助又无奈，更加后悔从旧城大召前街搬出来。不得已，她赶快去邮局给千里之外的父亲拍了一份电报，催促他火速赶回来想办法搬家。母亲说：当时她一个人带着三个很小的孩子，实在感到独力难撑，无法应对。此外，在父亲与我们两地分居的 12 年中，因为家里有急事难以应付，只叫回来父亲两次，这就是其中的一次。

父亲很快请假从伊克昭盟回来，每天骑着那辆沉重的飞鸽牌自行车四处寻房。但那个年代城市里实际上根本没有什么正规的住房，想找间房非常困难。他早出晚归，寻找各种线索去打听，我们则在家里焦急地等待，心里常常忐忑不安，总是企盼能听到一点好消息。终于有一天，他找到了一处相对可行的住处，这就紧接着形成我们家的再一次搬迁。

回想起在铸锻厂附近的短暂居住，前后只有大约三个月的时间，父母常感后悔不迭。我说：那本来就是私人搭建的临时性住房，又在干涸的河床上面，雨季也有遭受洪水的危险，当时怎么敢往那样的住处搬呢？他们说：的确是临时决定，有点心血来潮，看起来这次搬迁存在很大的盲目性。

不过，在我的记忆中，我总认为搬去铸锻厂附近住了不止三个月。因为经历的事情当中，包括天气大热之后，工厂里做一种甜甜的、红色的清凉饮料，供工人们夏天消暑；我们小孩儿就三五结伴，每人手里拿一个搪瓷茶缸想办法弄一点儿喝，有时还能打一点儿带回家来给妹妹们。

工厂的炼铁炉每天都有废砂料由工人们推着手推车倒在厂外的荒地中，附近有不少人就围上去，每人手里拿一把铁叉子，争先恐后地捡拾当中的废铜烂铁，积攒起来可以拿到废品回收站卖钱。喜喜最会干这件拾破烂的事，他们家的那个箩筐里总能积存不少“宝贝”，他还经常得意地指给我看，告诉我哪一件是什么时候捡到的，大约能卖多少钱；母亲也常对喜喜拾废铁的本事大加赞扬。后来我也跟着去捡，但捡回的东西多半不合格，废品站并不收购，就只能扫兴地再扔到我们院子前的荒地中。

还有就是九大的召开，这应该是我们家住在铸锻厂附近时所经历过的一件大事。按照惯例，党代会一般都是在秋季召开，所以如此推算起来，我们家在这里至少应当居住了半年。但母亲始终坚持说，是只住了三个月，这一点她记得很清楚。为此我们专门查阅了九大召开的具体日期，发现的确是在当年四月召开的，这和以后正常情况下党代会召开的时间并不一致，也证实了母亲记忆的准确性。

九、城市中心的姑子板村

父母千辛万苦找来的住房，是位于新华广场东边有一个叫作“姑子板”的地方，大约就是后来的巴彦塔拉饭店以及靠东边的一片区域。不过，当年这里只是一片由土坯砌成的横七竖八的平房，姑子板仍然保留着当地完整的村落形态。村子当中，自南向北有条坑洼不平的土路，由于北边的地势明显高于南边，所以这条路北高南低，略有弯曲，并向东倾斜；一到下雨时，雨水就汇集到土路中间，由北向南流淌下来，从而形成土路中间低、两边略高的形态，泥泞不堪，很是难走。

我们家搬进去的那个院子，在土路东侧差不多处于村北最高的地方。院门朝西，院落狭小，走进来直对着的那间东房就是我们新搬来的家。房子常年未做修葺，看上去墙壁疏落，破败不堪，房顶上长着一些稀疏的荒草；房子已明显向一边（北侧）倾斜，导致破旧的木头门窗都有些歪斜。为了防止房子可能发生的倒塌，房东就用一块厚厚的长条木板横在北侧剥落的外墙壁上，再由一截粗大的圆木桩（树干）顶在木板上，从而形成力学支撑。而圆木桩的落地处即支撑点，就是房东家窗户前的台阶，房子的距离很近。我当时在心里就暗自思忖：我们家住的房子很危险，随时都有可能倒塌下来，那样的话我们被砸在里边肯定就没命了。不过又想：即使倒下也会是向北垮塌，那样同时也会把房东家砸进去。所以，我据此推测：我们家住的房子应该不会倒塌吧，因为房东家总不该置自身的安全于不顾哇！

院子里除了我们家住东房之外，北侧有四五间正房，主要是房东一家及其亲戚住，但每家的人口都不多。房东家是老两口带一个小儿子，他的名字叫旦旦，比我大七八岁；其他男女大孩子都已成家，搬出去自立门户了。他们家属于菜农，所在合作社名称叫作“团结社”，当时在呼和浩特市的东南郊区还有大片的菜地，所以农忙时节，那老头就经常在自行车的大梁上绑一只锄头什么的农具，到农田里去务农。老太太常年坐在家里的炕头上，在玻璃窗前总是用两只尖利的眼睛紧盯着院子里的一举一动。所以，不管谁走进来，她都会尽收眼底。

土坯砌的门庭十分破旧，也不宽大，勉强可以赶进一驾三匹马拉的大车。从院门走出来，斜对面的北边是一排整齐的红砖瓦房，里面大约住着五户人家，每家有里外两间房，令周围的邻居很是羡慕。当年据说那是运输公司建的家属房，在姑子板一带的土坯房当中格外引人注目，显得鹤立鸡群。运输公司还专门为其家属打了一口洋井（据说这是当年姑子板村允许他们在这里建家属房的条件之一），就在那排平房前边的偏东侧，正好靠近我们的院门。所以，搬到这里我们感到最大的好处，就是挑水比住在铸锻厂附近方便多了。还在西边较远的地方建了一个卖炭场，隔着那条土路，大门正对着我们的院门；里边有一个单独用红砖建成的小厕所（旱厕），也为附近的人解决了如厕的大问题。

另一个好处就是买炭方便，同时我们从路边还能捡到运输煤炭掉下来的小煤渣，以补家用。那时到卖炭场买煤炭也是记忆深刻的场景。卖炭场里，堆积如山的煤炭总是黑压压的一片，在煤堆的边上放置一个称重用的平底大铁秤，总感觉它像个爬在地上的大乌龟，小孩们经常趁机站上去称称自己的体重。每家每户的煤炭按月供应，买炭时均登记在供应本上。买炭的人们都想多要块煤，可炭场卖煤的人总要给你多搭配些面煤。那个年代，卖煤、卖粮（卖粮店）的人往往都很牛，看上去铁面无私，其权威性不容置疑。我们把买好的煤装进一个麻袋里，常会相互帮忙抬起来放在自行车的后架子上；两边要保持均衡，骑或推着自行车驮回家。那会儿，因为我们年纪尚小，抬或驮煤时总感到很沉重，弄回家不仅费劲、吃力，而且因为前轻后重，一不小心，自行车的前轮就会翘起来翻倒，所以买炭时往往有种畏难情绪。那个年代城市里分布着不少卖炭场，走到各处经常可以看到；但后来随着生活条件的改变，不知何时，也不知何故，在不知不觉中卖炭场便消失得无影无踪。

房子找好之后，搬家又成为一个令人头痛的问题。离旧城大召前街那么远，也不能再去麻烦英海爹赶着毛驴车搬了。思来想去，父亲正好有几个学生仍在呼和浩特市搞“大串联”，都是十几岁的壮小伙子，可寻求他们帮助。

父亲说，“文革大串联”开始后，他们学校总有学生到呼和浩特市来，住在一些大学的宿舍或教室里；走一批又来一批，直到 1968 年都未曾中断。记得最早一批来搞串联的学生还是由父亲带队，有一天专门领着我去他们的住处睡过一夜。那原本应是一间教室，所以房间很大，屋顶很高，在地板上打着一排排的大通铺；还可以拿着暖水瓶到走廊中间的一个开水间打开水。

那是我第一次爬楼梯、上楼房，发现树冠就在窗户前，感到很新鲜、奇妙，兴奋不已。这些印象，清晰地留在我的脑海中，但我却从来不知道那是什么地方。50 多年以后偶然回忆起往事，父亲才告诉我：当年他们就住在内蒙古医学院。

我想想觉得奇怪，就又问："文革"中你们常年住在呼和浩特市，一批接一批搞串联，到底要干什么呢？或者有什么事可干吗？父亲说：实际上也没有什么事。只是因为那时乘车、吃饭、住宿等都不要钱，上边又有号召，所以谁都想趁机跑出来转一转。

搬家那天，来了四名"大串联"的学生，不记得又从哪儿借来一辆排子车；学生们个个精神抖擞，让我们顿时感到兵强马壮，什么事情都不用发愁了。但搬家的情形和过程我却记不清了，印象中只是感觉天气已经很热，四个活蹦乱跳的学生浑身冒汗，有的干脆脱掉外衣只穿一件背心，母亲则给他们用碗端开水、递毛巾等。几十年过来，这几个学生都和父亲保持着良好的师生情谊，每年都会联系，找机会相见。其中一个叫周树忠，他从乌海市来呼和浩特市出差时，有时就住在我们家里。

几杯酒下肚之后，话就多起来，他常会习惯性地回忆起当年我们搬家的往事，不无感慨地说：当时于老师家里生活多困难啊，那次我们几个来帮着搬家，真的累坏了，一个排子车来回拉了两三趟。但搬的那是些什么东西啊？砖头瓦块、煤炭、烂木材、草绳……没什么值钱的东西。他摇摇头，我们甚至有些心酸的感觉。

但在那个年代，这些都是生活必需品，若没有这些东西，饭都不知该怎么做熟呢，所以搬家时连半块砖头都不舍得丢弃。我记得，家里用这些搬来的砖头瓦块在窗户前砌成了一个炭池子，里面可以堆放煤炭、柴火等杂物；还搭建了一个鸡窝，也需要给那四只长大了的小鸡安个家了。

我上的第三所小学距家更远，走出我们住的院子右转，沿着一条土路一直向北走到新华大街；而在这条南北土路的东侧和新华大街的南边，也即姑子板村的正北，有一个四周有围墙而且整洁的大院子，里边是一排排由青砖建成的整齐平房，说是人行（人民银行）大院。那时人们很少见到银行，也不知道里边是干什么的，只是感到很清静、高雅。几十年以后这里建起来一栋当时呼和浩特市的最高楼，即内蒙古金融大厦，鹤立鸡群很多年。

经过新华大街往东北方向走去，那里有楼房大院；再往北走，是一幢幢红砖瓦房的小院落，一切都很整齐、干净，大小道路上都铺着柏油。长大以后才明白，过去这一带叫“人委”（人民委员会），实际上就是内蒙古自治区政府所在地。

内蒙古自治区人民委员会大院

当年新华小学校门朝西，校园既大又整。北边是一排排平房，作为教室；南边是一个东西向的大操场，学生们经常在这里踢足球。这所小学在呼和浩特市颇有名气，校园和校名保留至今。印象当中，我在这里的同学中摔跤仍然最强，另外就是经常玩“骑马打仗”和“撞拐拐”等游戏。

“骑马打仗”是由两三个同学背或抬着另一个同学，两军对垒，相互厮杀，把对方推或拉下马就算胜利。“撞拐拐”是将一只腿抬起来，用一只手交叉拽着，双方对撞，把对手撞倒或让其两只脚同时落地即为胜。每到课间休息的时候，男同学常分成两三伙相互撕扯。我在哪一方，哪一方就胜率最高，我上来几乎无人能敌。在四年级时学校开运动会，我跳远得了年级第一名。从此就知道自己弹跳力好，一直到初中三年级毕业，我每年都是这个项目的年级冠军，并分别在新华小学和向阳小学（上的第四所小学）参加过在锡林郭勒南路人民体育场举办的小学生运动会。

人民体育场

上学之后，我们很快就和周围的孩子们熟悉起来。有的是同年级的，有的低一年级或高一年级；有的是兄弟姐妹好几个人，认识其中的一个很快就会认识他们家里的其他几个。每天早晨，我们就三五成群结伴而行，一边走一边打闹玩耍；但放学以后就常常只能自己走回来，偶尔也会在路上碰到一两个同行者。

我仍然背着上小学时母亲用蓝布缝制的书包，每天都会把准备好的干粮（多数为馒头或烙饼，还有玉米面做的窝头）放进书包里，一边走一边掰着吃。有时在书包里放得久了，干粮就会揉成小块儿、碎末，我便把书包斜着，将它们抖到一个小角，再用手掏着把它们吃干净。

春天来了，气候变得暖和、潮湿。土地里钻出嫩绿的小草，路边的大小树木开始吐出细叶，并眼看着一天天变大，颜色变深。

新华大街北侧，有一个敞着口子的院落，里边的房子好像许久无人使用，有些陈旧；平时静无声息，长着的几株榆树又高又大，这时就会长出榆钱来，一串一串的十分诱人，孩子们便想方设法爬上去采摘。嫩绿的榆钱有点甜味，的确很好吃。而我最会攀树，胆子也大，就把书包放在树下，由同行的伙伴看着，攀到最高处采折大串大串的榆钱给大家分享。

那时姑子板西边即靠近锡林郭勒路的一侧（现在巴彦塔拉饭店及其南北），是一片低平的空地，由姑子板村每家每户自主开垦成一片一片的“自留地”，有大有小，有宽有窄，田塍纵横，形状不一。每年天气转暖进入播种季节，各家各户的大人小孩们就会聚集在这里忙碌着挖地、耕种；主要种的是玉米、向日葵什么的，还有小片的蔬芽，长出后一片绿色。然后每天都有人跑到田里来，满怀希望地看着自己家里的庄稼一天天长大、长壮，逐渐进入收获季节。

玉米长熟之后最为热闹，人们一批一批掰下来，提回家在大锅里煮熟，再争先恐后地摆在大街两边叫卖。口中经常念的一句话是：“玉茭茭、玉茭茭，又长又粗又有毛，不信你过来瞧一瞧！”

我们家因为是新迁入的外来户，自然地无一垄。看到春天一来，别人家都忙于耕种，我们很是羡慕；于是就到处寻找，看有无未被别人占据并可供开发的土地。最后，还是我从顺着那条由东向西的土路边上硬挤着划出一长条未开垦的生地，大约有一米多宽，五、六米长，用铁锹和镐头开垦出来，种上玉米和几株向日葵。从此这片小田就吸引着我的注意力，每天不止一次兴冲冲地跑来察看。

但路边新开发出的生地，一般都很贫瘠，所以我们家种的玉米明显长势不好，结出的棒子自然也小；边上的几株向日葵又小又瘦，记得只有一株还长得挺高。不过，当我们掰下自己种的玉米煮熟，吃在嘴里时还是别有滋味，感到很欣慰，有种新鲜的满足感。并且，我们还尽量自己少吃，节省下来也到马路边上卖掉。我记得最大最好的可以卖 2 角，中等的卖 1—1.5 角，最小最差的卖 5 分或 8 分钱。最后，把地里种的玉米都收获和卖掉，大约挣了 4—5 元，全家因此感觉手头宽松了不少，自然喜从中来。

紧挨我们家那块小田北侧的土路，是当时姑子板朝西通向锡林郭勒路的一条重要通道。沿着田边的土路往东走，就是那个卖炭场的北墙外，经过这里的小道就到了运输公司为其家属建的那排红砖瓦房，接着就是我们家住的那个土坯小院子。但姑子板村及卖炭场处于高坡上，所有骑自行车走到卖炭场墙边的人，都需要跨腿下来推着自行车上坡或者下坡（坡度太陡了）。有一阵子，大概是放暑假的时候，每天下午四五点之后，我们几个孩子就会迎着对面亮晃晃的夕阳，从这个土坡上走下来，沿着那条土路到新华广场上玩耍。有时用一个铁钩推一个铁轮，在广场上绕来绕去；有时带一个毛猴（陀螺），甩开鞭子在水泥地面上抽着旋转；有时叠几个纸飞机扔到广场上空，比哪个飞得高、飞的时间长。

推轮

那时的新华广场，周围几乎没有什么楼房，北边新华大街边上的主席台和两边的观礼台也很小、很低，十分简易。主席台的后边是一片空地，还有一个破烂的游泳池，我们家搬来的那年秋天，我还跟着周围的小朋友一起跑去游过一次泳，记得出水上来时冷得瑟瑟发抖；但很快那个游泳池就被拆掉了，开始施工建房子。

还有一次，记不清过什么节日，新华广场又放礼花，到处都挤满了人。这次因为我们家住在附近，我又长大了不少，所以就跑到广场上挤到人群中近距离观看礼花绽放，感到漂亮极了。我们还追随着礼花爆开的地方在人群中不停地移动，捡一些从空中掉落下来的碎屑，想查看一下礼花到底为什么能爆出那么漂亮的颜色和花朵。

乌兰恰特剧场

新华广场的南边有一栋精致的白色建筑物，那就是当年在呼和浩特市非常有名的乌兰恰特剧场。我们也经常跑到剧场前的小广场上玩耍，有机会就偷偷溜进剧场看一段电影。那时集中放映的影片，是阿尔巴尼亚的《宁死不屈》等，到后来以至于每个情节、对白，我都很熟悉，孩子们也经常有模有样地学这些对话。现在，新华广场周围都是呼和浩特市的黄金地带，被成片的高楼大厦所取代（乌兰恰特也被拆掉了），难觅当年的丝毫痕迹；但有两条小路的名称却是历史的印证，那就是从西向东的乌兰恰特路和由北向南的姑子板巷。估计现在的年轻人，很少知道这两个路名的来历。

姑子板村

有一段时间中苏关系特别紧张，常听大人们讲苏联在中苏、中蒙边境陈兵百万，全部是机械化的坦克部队，随时都有可能打到中国来。首都北京离边境线又不算远，存在很大的危险性。所以，我们要“深挖洞、广积粮、不称霸”，要“备战、备荒、为人民”（均为毛主席语录，在大街小巷经常可以看到这样的标语）。城市里的马路上到处都在挖防空洞，以防苏联军队的进攻。而那时呼和浩特市的地下水位很浅，挖 2 米左右水就渗透出来，使工程无法进行。于是，就在姑子板村的南端、乌兰恰特路北侧靠近锡林郭勒路的一个地方挖出一口深井，把地下水汇集起来，用一台时开时停的抽水机，将那些积水白花花地抽到地面上来。

为此还专门在抽水机旁临时搭建了一个小工棚，由工人住在里边日夜值守，间隔一段时间就开关一次抽水机。天冷之后，工棚里生一个很大的火炉子，烧的都是大块的优质煤，所以炉火很旺；平时在靠墙的木板床铺上放一副很大的木头象棋，棋盘是用三合板画的，我们小孩儿也经常跑到里边来玩，这成为我最早学下象棋的地方。

工棚的北边就是我们那片收割了庄稼的低洼土地，很快就被抽上来的地下水所淹没；并且随着天气变冷，没过多久就被冻成大片的冰场，孩子们就纷纷跑来滑冰，一派欢天喜地的景象。

开始做的冰车是传统的，用两根半米多长的方木将钢筋竖着箍在下边，再用木板横着钉在上边，这样人就可以坐在冰车上，下边由钢筋接触冰面来滑行。但这种冰车十分笨拙，滑的速度慢且不宜转弯。后来流行起来一种独轮冰车，是在一块脚掌长的方条木头上嵌条铁片作为冰刀，上边钉上只有 20 多厘米见方的木板，刚好可以将双脚踩上去，前低后高，身体前倾，有点像蹲在一个独轮车上的意思；双手则握两支用钢筋做成的冰锥，有一米多长，在左右两边控制平衡；再用力一划，独轮冰车便快速向前滑去。这种新式冰车十分小巧，开始不易学滑，难掌握平衡，所以经常摔跤；但学会之后不仅滑行的速度快，而且转向灵活。可以左冲右突，爬坡过坎，只要有冰，还能滑到十分狭窄的地方去。所以，孩子们就用这种冰车玩起了“逮的”游戏，在冰面上欢快地追逐、转向、爬高、冲低……滑下来经常大汗淋漓，浑身直冒热气。

有一段时间，我对这种冰车、滑法十分着迷，经常在家里钉冰车，不断进行改进和加固；还在中午一个人跑去练习，越滑技术越娴熟，滑得既快又稳，得心应手，在游戏中几乎无人能逮到我。而那段时间，新华广场南边的乌兰恰特正好装着一个高音喇叭，每到中午时分就会在广播中教唱革命样板戏。我一边滑冰一边听唱京剧，学会了好几首样板戏歌曲。最难忘的是《智取威虎山》中小常宝唱的那首“请战”：

听那边练兵场杀声响亮，看他们斗志昂为剿匪练兵忙，急得我心里如烈火燃胸膛！杀豺狼讨血债日盼夜想，披星戴月满怀深仇磨刀擦枪，风雪里峻岭上，狼窝虎穴我敢闯，为什么偏要留我守村庄？马上去找参谋长，再把心里的话儿讲，坚决要求上战场，誓把顽匪消灭光！

新华书店

那几年还经常去的一个地方，是中山西路南边的新华书店，当时那是呼和浩特市最大最全的书店。但“文革”期间卖的多是一些政治学习类读物，后来开始有连环画（我们叫作“小人书”）出版。每当看到书架上有新书出现时，我就想办法攒点钱，尽可能买回来。那时的小人书都是黑白画，十分简朴，每本一般都是 1 角多钱，厚的也有 2 角以上，薄的则只有 5 分或 8 分。买本薄的比较容易，而买本厚的则较为费劲，有时也不舍得买，或者还未等攒够钱，那本想买的书已经卖光了。买回家孩子们都来翻着看，最后积攒起来几十本，整整齐齐排列好，存放在一个漆成绿色的小木头箱子里，后来搬家时也都带着这些书。据说，改革开放以后，这些旧的连环画变得很值钱，有的价格翻了几百倍，但我们家的后来却都被妹妹给失散掉了。

烟盒

我去这个新华书店的习惯保持了很多年，直到工作以后也经常去浏览图书，买的最多的是文学、历史等社科类书籍。

我还有一个爱好是积攒香烟盒，从旧城大召前街旧院开始，直到小学毕业，积攒的各种烟盒有上百种，是孩子们中间积攒最全的一个。烟盒的各种图案五颜六色，被夹在厚厚的两本书当中，每页一张，把相近或相似的挨着放；经常领着小朋友们翻看，他们总能看到从未见过的烟盒。这些烟盒一直保存至今。

十、家逢喜事变化多

住在姑子板的那一段时间里，也有让母亲感到高兴和欣慰的地方，这就是当地居委会较为健全，而年轻又有文化的人却少之又少，所以母亲很快就成了居委会的骨干分子，经常忙着跑腿儿、开会什么的，逐渐和居委会主任熟悉起来。有一次居委会主任偶尔走进我们的院子，本来是通知母亲去开会的，就顺便站在我们家的房子前仔细察看了一番，然后若有所思地说：“真是危房啊。你们也敢住？”母亲就赶快说：主任啊，这也是没办法。我们家两地分居，三个孩子又小，生活确实太困难了。三天以后主任又来找母亲，高兴地告诉她：今年的招工指标下来了，居委会推荐母亲去盐站工作，地点在西货站一带，路途虽然远一点，但工作应当不错。从此以后，母亲就骑着自行车起早贪黑地往西边跑，回到家就赶快生火做饭，感觉十分忙碌，每天的时间好像总是不够用。

那大约是 1971 年，我不足 13 岁，大妹妹英英 9 岁，二妹妹芳芳只有 5 岁，三个小孩儿待在家里，只能自己照顾自己。每天母亲做饭时就把次日的饭菜同时做好，留在锅里由我们自己热着吃。但那时生火做饭实际上也是件非常困难的事，小孩儿经常生不着火，有时还弄得满屋烟雾，灰头土脸，呛得满眼泪花，甚至感到有点气急败坏。生火时先划火柴点燃一团揉起来的废纸，放在炉灶中，然后在上边加放柴火，等柴火燃起时再放上煤炭；并要选一些小颗粒的煤块，因为面煤没有缝隙，火苗蹿不上来，往往点不着。而在这个过程中，适时的拉风箱吹风十分重要；但吹风的力度大小却很难掌握，有时风大会把火吹灭，有时风力不够火又会熄灭。总之，对不常生火的人来说，点火与拉风箱很难两边兼顾，实际上是一个难度不小的活计。

进入冬季，北方的天黑得特别早，大风刮起来时正好从门洞直吹我们家的窗户，一夜呼啸不止，窗棂被吹起来的沙粒打得叭叭作响，我们躲在家里生怕门窗被大风刮坏。母亲上夜班时，更担心取暖的炉子出事，一是怕炉火熄灭，把几个孩子冻着；更害怕我们被煤烟给熏了，因为附近每年都有煤烟熏死人的传说。所以，每次上班时，母亲就反复叮嘱我们把炉子看好，千万不能在炉子往外冒烟时睡觉。如果出现冒烟的情况，就一定要赶快打开门窗，务必等把屋里的烟雾放干净以后才能睡觉。这些事情对大人来说问题不大，但对孩子却不容易做到。因为孩子贪玩，有时会着迷，犯起困来常会一下子倒头就睡，叫作“秒睡”。

母亲“三班倒”在下午上班时，到半夜才能回到家中，而那时我们早已都进入梦乡。门是从里边用一个门闩插上的，她在外边开不了，就敲门叫醒我们；有时我们睡得太沉了，叫许多遍才能唤醒。我从被窝里翻身起来，跳下地开门，然后再掉头上炕钻进被窝里，未说几句话就又睡着了。

家里还经常有耗子出没，有时会从麻纸糊的顶棚上快速窜过，哗啦啦巨响，我们总是害怕耗子会从哪一处破损的纸顶棚上掉下来；有时还担心有贼来偷我们家的东西，尤其是在刮大风时，窗外响声不断，经常感觉有人会乘机拿着簸箕来偷我们家的煤炭。

有一次我生病了，高烧不退，正好赶上母亲去上夜班，就让我多喝一点开水早点睡觉，然后她骑着自行车匆忙走了。可是在工作岗位上，母亲却总感到心里不踏实，就和工友们念叨起家里的事来。大家都觉得有些不妥，认为遇到这种情况就应该请假不来上班了，因为万一孩子在半夜里发高烧抽起风来怎么办？母亲越发感到担心，好不容易熬到天亮下班后，就抓紧时间匆忙往家里赶。几个工友也害怕我们出什么问题，便主动陪着母亲一起来到我们家里。进门后她们看到三个小孩安然无恙地睡在炕上，我的发烧似乎也好了很多。同时还发现在我的被褥边上，顺放着一把斧头和铁钩什么的，他们问这是干什么？我说，如发现有小蟊贼来偷我们家的东西，我一斧头就砍死他！她们几个听了都笑起来，不过笑声中也多少让人感到有点心酸。她们议论说，孩子还是太小，这说明是自己待在家里害怕。

我们家的门有里外两个（层），都是破旧的木头门。外边的是一扇整门，向右边开；里边的是左右两个半扇门，向两边开。那时在这里的农村，房门基本上都是如此。外边的单扇门不上锁，也没有在门外就可以用钥匙开门的“暗锁”。所谓插门，实际上就是用一个门闩把里边的两扇门插起来。为了解决母亲半夜回家叫门的麻烦，后来我想出一个办法，就是在门闩的尾部和平行的门框上各钉一个小钉子，再把一根工地线拴在门闩尾部的小钉子上；而另一端则隐藏在外人看不到的门框边，这样知道这个秘密的家里人就可以伸右手拽着那根工地线从外边将门闩拉开。自从这个办法实验成功以后，我们感觉轻松了许多，因为母亲不再需要从外边叫门，我们睡觉时也不会被打扰。过了一阵子，院子里有人似乎发现了什么变化，就问母亲：过去总能听到你们家下班回来叫门的声音，怎么现在好久没有了呢？母亲迟疑一下，最终还是忍住没有公开这个秘密。以后我又进一步设计，将门闩的头部也钉上一个小钉子，再用另一根工地线从左边拴起来，这样就可以拉着工地线从门外将门闩插起来。这在当时，我感觉是个很了不起的发明，似乎没有人这样想过。因为那时的门很不严密，两扇门之间用铁链锁上一把铁锁，中间有很大的缝隙，可以从外边伸进手轻易地把一扇门卸下来。所以，人们就常说一句话，叫作“只能锁君子，不能锁小人”。我总是感到我们家不安全，常担心有人会偷偷进来行窃。有了这个方法，既可以把里边的门闩从外边插上，又能在外边的门环上锁把“铁将军”，这就变成“双保险”；并且，也不能轻易地伸进手卸下门板。从此，自我感觉踏实多了。

母亲还经常跟我们说：听说那个房东老太太很难相处，过去经常跟人吵架，在周围名声很不好。前面的几个住户，都不知因为什么得罪了她，没住多久就被撵走了。母亲知道我好玩、顽皮，生怕我在院子里乱害（当地话“玩耍”的意思）会惹老太太不高兴，就反复叮嘱我，不要在院子里乱耍，实在忍不住时就到街上去玩。最害怕哪天有什么事招她不高兴又撵我们走。如果那样的话，我们家就真的没地方可住了。

因为有了上一次被房东赶撵的经历，我们深知一家人被扫地出门、居无定所的滋味。因此，尽管母亲对我说的很多话、要求等，我都难以遵从（主要是管不住自己），常当作耳旁风，但这句话却让我时刻铭记在心，并且不折不扣真的做到了。我总是暗中窥探老太太的神态，进出院子都小心翼翼，生怕招来他们家的不高兴。因此，我们家在这里大约住了三年，直到搬走时，老太太从未有过不高兴的地方，而总是说感到我们这家人真好，大人小孩都很懂事，也从来不欠房租。我们搬走以后，她还常跟家里的人说：总是很想念我们这一家人。

不过，有一次大召前街旧院里的四五个孩子来找我玩，其中有建建、韦韦、平文等，我和他们在院子里玩了好一会儿。那次对他们的不期而至，我深感意外，既亲切又欢喜。因为过去都是我到旧院找建建他们去玩，从未有这么多人专程来找我玩的，有点受宠若惊之感。但同时让我感到惊奇的是，这么生僻的偏远地方，他们从未来过这一带，也不知道我们家住在哪里，怎么能自行找上门来呢？他们却告诉我，实际上也很容易。他们几个是事先相约，一起走到北门外广场，乘公共汽车沿着中山路向东行驶几站，下车之后再一路打听找到姑子板。在那条村中由北向南的土路上，正好碰到有个中年妇女认识我，说她的儿子整天都跟我在一起玩，就亲自带着他们走到能看到我们院子的地方，然后再指给他们。

中山路新华书店原址上新建的大楼

那个年代，孩子们的手里没有什么可以用来表达热情的东西。记得当时在姑子板一带的孩子中间，正在流行一种用自行车旧链条做成的火柴手枪——就是把废弃的链条一节一节地拆掉，再由七八节对着两个链条上的眼儿垒叠起来，一个眼儿穿过一根铁丝在下边弯成一个手枪架，而在上边的那个眼儿则穿梭一根撞针；撞针用粗细合适的铁丝做成，把前端磨成一个圆头，用猴皮筋牵引，撞击最前边插在枪膛里的火柴头；火柴头被撞击后瞬间爆炸，“叭”的一声就将枪口的火柴棍儿射出来，足有七八米远。枪膛也是由两节链条重叠起来并用一个自行车的辐条嘴儿将其楔住固定，辐条嘴儿正好可以插进一根火柴棍儿，把火柴头对着撞针，真的和手枪的射击原理一样，也算是热兵器。这令孩子们十分着迷，大家经常用这种火柴枪相互射击，玩打仗游戏。

但在那个年代，虽然孩子们发明了一个好的玩具，物资却严重匮乏（买火柴一度也凭购物券供应），所以当家长们发现家里的火柴因我们玩火柴枪快速耗费时，就开始严加管控。这样，我们就拿不到整盒的火柴，只能从灶台边偷火柴盒里的火柴棍儿。当母亲发现盒里的火柴棍儿很快减少时，就会严厉地把我训斥一顿。

那天建建他们过来时，正赶上我一个人待在家里低头鼓捣着火柴枪玩。屋里光线很暗，也没有可坐那么多人的地方，所以他们跨进家门看了一眼，就转身出来站在院子里；我就让他们看我做的火柴枪，还专门在窗户前的土墙上立起一块青砖，退后五六米用来瞄准射击。因为过去我们家住在大召前街旧院时还未有这种火柴枪，所以我以为他们一定会感到很新奇；但他们说现在旧城也同样流行起来了，他们每个人都做了这种火柴枪。这样，我看他们兴趣不大，就又拿出一块在三层板上刻有毛主席头像的刻板给他们看，用它可以在书本、纸张上印出毛主席头像，常有黑、红、蓝三种颜色，分别是墨汁、印泥、钢笔墨水。我第一次接触这种刻板时，感到很神奇，因为看起来横七竖八、凸凹不平、乱糟糟的不成图像的板面，可印出头像却有模有样。同时，我还把积攒的几个毛主席头像纪念章从一个铅笔盒里拿出来展示给他们看，因为当年这些也很流行，每人胸前的衣服上都要戴上一个，以显示对领袖的热爱与忠诚；开始做的纪念章比较单一，也小，后来的样式很多，并且越做越大，还有不同的图案、颜色。但纪念章很容易磨损和丢失，所以戴一个保持不了几天就会不翼而飞。戴一个图案新鲜的纪念章，常有一种炫耀感，可是丢掉了又会在心里产生一种失落情绪。但是，他们对这些也不觉得新鲜，因为那一阵子学校里都在流行这种把戏。后来我们又摔起跤来，我和他们当中的两三个都过了招。

我虽然恋恋不舍，想挽留他们多待一会儿，以表达我的热情和想念。但没过多久，他们说时间不早了，并不由分说，说走就走，转眼间便走出大门，在那条土路上拐弯就不见了。现在回想起来，那时的人就是这样质朴、单纯，但给我留下了一段永久难忘的美好记忆。

我们在院里干这些事时，房东老太太的两只眼睛紧盯着我们的一举一动。我能够清楚地感知这一点。

经过 12 年艰难的两地生活，1972 年父亲终于如愿以偿地调回呼和浩特市工作。当时全家的想法很简单，只要有个接收单位，哪怕是到郊区的学校，都心甘情愿。但“文革”中师范院校的停办，造成中小学教师的普遍紧缺。父亲调回来时，正好赶上筹组师范学校重新开办的事宜，所以机缘巧合，父亲就被安排到母校呼和浩特市师范学校工作。这样，几年来在伊旗中学搞“文化大革命”、几乎没有什么正经事可干的他，一下便投入到一些重要的工作中来，感到精神焕发，干劲倍增。他先是负责招生，后又成为一个普师班的班主任，整天忙于带班和教学。

我们家住在姑子板的那间低矮破房里，居然也跟着热闹起来，经常有人来找父亲谈事，有时能聚三四个人，坐在炕上和地下的大板凳上；有的人抽烟，父亲也陪着点一支应酬，屋里经常烟雾缭绕，感到增加了许多人气。由于经常处于吸烟的环境中，也受小孩私下学抽烟的影响，有一阵子我也差点上了烟瘾。

挂在市教育局等待安排工作的那一段时间里，有几天父亲还被分派到市政府跟着一名副市长到几户知青家慰问，这让我们也感到很新鲜。父亲回到家里就给我们讲从未经历过的见闻。原来在那一年的春夏之交，锡林郭勒曾发生过一场草原大火，一下子烧死几十个只有十七八岁的知识青年，噩耗传来，大家既悲切又紧张，市里就组织相关领导去罹难家庭进行走访、安抚；父亲他们跟在后边作为慰问团成员，自我感觉像个领导似的，走到哪里都有干部群众迎来送往。当年这是一件很大的事，社会上各种消息满天飞，市里也害怕因此闹出群体性事件。

另有一段时间，附近的孩子们开始流行下军棋，几乎每一个孩子都跑到文体商店买副军棋回来，那会儿去每一家都会看到炕上或桌子上摆着军棋；有木头和塑料的两种，都是黑色的，拿起来很轻。

在我们院子的南边，大约80米的地方，紧靠那条南北土路的西侧，有一处独家小院。他们家院子的西边就是高坡的下方，因为受地形所限，他们的院落狭窄，房屋低矮，有两间正房和三四间东房（东房的背后就是那条村中的南北土路）；家里的兄弟姐妹很多，其中老四与我年龄相仿，又是同年级学生，那一阵子我们经常在一起玩耍，来往热络。他的大哥、二哥都是细高个子，其中二哥最会下军棋，我们谁都赢不了他（大哥比我们大许多，当时已参加工作，一般不跟我们在一起玩）。因为总听我说他二哥下军棋多么厉害，有一天晚上母亲去上夜班，我们在家闲来无事，父亲就让我把他二哥找来对弈军棋。有大人和孩子下棋，大家都觉得很新鲜、好奇，我们家一下子挤进来四五个大小不同的孩子。

狭小的房间里，在炕边摆上一张长方小桌，用一块玻璃板将棋盘压在下边，然后两人摆棋、对垒；我则上炕盘腿居中坐在桌旁，兴致勃勃地当起了裁判；其他孩子则分列两边窥探棋局。我们家的那副军棋，是父亲从伊盟带回来的，盒子是白色的硬纸壳，什么图案也没有；在侧面印着“人牙军棋”四个大字，那棋子真像牙齿一样是淡黄色的，既重又坚硬，小巧精致，扣在玻璃板上叭叭作响。孩子们都未见过这种军棋，纷纷伸过手来摸一摸，均感到很新鲜、惊奇。他们一连下了三盘，势均力敌，父亲略占优势。他们走后，父亲认为那个二哥的军棋确实下得不错。

那以后一连好几天，几个孩子每晚都到我们家里来下和看军棋。父亲和那二哥的棋局越来越接近。我在中间当裁判，等于坐山观虎斗，对两人摆棋的布局、行棋的特点都了如指掌。最后，我有点跃跃欲试了，在他们即将结束的时候，就提出与二哥下一盘。结果超出所有人的预料，我竟成了获胜的一方。同时我还自我膨胀起来，又提出和父亲也下一盘。父亲在地上一边干活儿一边不屑地说：跟你下，不用怎么摆就能赢。结果同样令人称奇，仍然是我获胜！从此，我在附近的孩子中间，会下军棋的名声就不胫而走，后来也越下越好，并且始终是我各种棋艺当中的一个强项。直到工作以后，机关里每年在春节前都会举行各种娱乐比赛项目，而每次军棋比赛的冠军非我莫属。

那个高个子二哥虽然比我们大好几岁，但有时也爱和我们混在一起玩。还有一件往事同样令我难忘：有一天傍晚时分，孩子们聚在他们家院门口的斜披上“撞拐拐”，奇怪的是同龄大小的孩子谁也撞不过我，都说我厉害；他站在一旁有些看不过去了，就不以为然地把饭碗一放，在大家的怂恿下要和我比试一下。因为年龄和身体实在相差太大了，我自然不敢应战，但孩子们在一边都使劲地鼓动、起哄，我就被逼上梁山，决定壮着胆子试一试。于是，一大一小、一强一弱，拽起一条腿、丁着拐开始对垒，围观的孩子们又激动又兴奋，每个人都屏住呼吸，感到饶有兴致，气氛一时有些紧张。试探着撞了几下，他二哥感觉我还挺硬，就拉开架势用足全力直接冲我撞来；他的膝盖抬起来可以撞到我的头顶，想以泰山压顶之势将我彻底碾压，就像是一辆巨型坦克冲击小吉普一样。我躲避不开，只能抬高膝盖用力去抵挡，谁都没有想到这一刻居然发生了超出大家预设的一幕：那二哥的整个身体被我凌空顶起，后背朝地平展地摔下去，叭的一声巨响，好像一头牛摔倒在地，霎时间大家都目瞪口呆。那一刻我也不敢相信就这么轻松地把那高大的二哥掀翻在地。二哥也不以大欺小，爬起来转身去找他的饭碗，没说什么话扭头就回院子里去了。从此这成为孩子们经常说起来的一个话题，一直流传了很长时间。

父亲调回来忙碌的那段时光，我们全家都感到由衷的轻松、快乐。但那时由于我们年纪尚小，并未理解它的全部意义，只是觉得家里红火起来，许多生活中的困难在不知不觉中均可迎刃而解。母亲说：自你爸爸调回来之后，我们家就开始顺利起来了，干什么事都称心如愿，总好像有什么人在背后帮助我们一样。有时回忆起来，母亲还说：姑子板虽然是个村落，我们家是个外来户，又住在一个危房里，但对全家来说这里却是一块货真价实的福地。

具体细数，第一是母亲在这里开始找到工作，家里的生活条件遂得到明显改善，解决了以往捉襟见肘的经济难题。如果不搬出来，依旧住在旧城大召前街 11 号院，那儿是很难找到正式工作的，因为街道办事处有太多的人需要找工作。所以，从这一点来看，我们家最初搬到铸锻厂附近，虽几经折腾、磨难，但似乎又因祸得福。

第二是经过艰苦的努力，父亲终于调回来了，这解决了我们家最发愁、最核心的两地分居难题。

第三是机缘巧合，我们家的那台五一牌缝纫机按原价卖给一个毛毛匠（当地对做毛皮制作的人的称谓）。原因是他知道五一牌缝纫机力气大，毛皮制作正需要这样的缝纫机。还是在他的反复缠磨下，母亲才同意卖出。对母亲来说，也一直有换一台缝纫机的愿望，主要是感觉五一牌不是很出名（非名牌），并且机头也不能收起来（即“明头”），而是想换一台平时可以收在面板下的“暗头”缝纫机，同时最好还是名牌。但犹豫再三卖出去以后，家里还是感到空落落的，一时手头缝纫也不方便了；搬到师范学校之后，很快就听说有一家老师想卖他们的缝纫机，并且正好是“暗头”的蝴蝶牌（名牌缝纫机），家里就毫不犹豫地用卖缝纫机的钱又买回来，从此也了却了母亲的一个心愿。

第四是父亲上班之后，正为家里只有一辆自行车难以周转而发愁之际，有一个老师非常凑巧地给父亲送上一张永久牌自行车的购车票，家里就设法借钱买回来。那年头购买自行车、缝纫机、手表等值点钱的工业品，都要专门的购物票券，而名牌自行车最为紧俏，全家做梦也想不到会这样轻易地买回一辆永久牌自行车。记得自行车推回来时，全家人围在一起仔细打量，欣喜万分。那时人们有新自行车买回来时，一般都会用丝绒一类的布料将三角架包起来（起保护作用），而我们家一时找不到合适的布料，父亲就用厚厚的牛皮纸包裹了好几层，再用胶水仔细地粘起来。这个自行车的确比我们家原来的那辆飞鸽牌旧车好骑多了，既轻便又稳当，也不轻易坏，同时还有种傲视群雄的感觉。所以，我有事没事就喜欢偷偷摸摸地从院子里把它骑出来，炫耀地跑到街上遛圈，小孩们看到了都十分羡慕。有一天我接连骑出去好几次跑到姑子板南边的路上玩，听到大街上有高音喇叭广播说，美国经济出现萧条，发生什么金融危机，美国总统尼克松单方面宣布美元与黄金脱钩，从而引起西方各国和世界的恐慌、动荡等。这在金融史上是个重要事件，并产生了一个专门的名词，叫作“尼克松冲击”。大致是后来我上大学读财经专业的缘故吧，所以这个朦胧的记忆长久地保留在我的脑海中。

第五是父亲调回来不久，学校就给我们家安排了一处住房。全家欢欣鼓舞，真正享受到一次乔迁之喜。

第六是孩子们也逐渐长大，自理能力明显增强，在家务等许多方面均可发挥一定的作用。所以，后来我总记得京剧样板戏《红灯记》里的一句唱词，叫作“穷人的孩子早当家”，这在我们家的孩子身上可以得到充分的体现。

第七是搬去师范学校的那年秋天，三妹妹玲玲出生了，自此我们家的人口全部聚齐。虽说是件大喜事，但在沉重的家庭负担下，带孩子却是个很艰难的过程。因为父母都要上班，我和大妹妹英英均在上学，所以无奈之下，只好让到了上学年龄的二妹妹芳芳推迟上学，留在家里看护比自己小六岁的妹妹。她看到同龄的小伙伴们背着书包欢快地结伴上学，心里很是羡慕和着急，就让父亲到学校专门为她买来一年级课本，她在家里一边看护妹妹，一边翻着课本自学；那一阵子她几乎逢人便问，并跟着进度读完了小学一年级的全部课程。等次年她开始上学时，一年级课本上的语文、算术等内容早已学会，年龄也比同班同学大一岁，所以显得鹤立鸡群；于是家里又产生了让她跳级升学的想法，为此父亲又跑去为她买来二年级课本，这样她一边在学校读一年级，一边回家后又自学二年级课程，等新学年开始时就跳过二年级直接升学到三年级。也许正是因为从小有过这样的曲折经历和少有的磨难，所以养成了她肯吃苦、爱勤劳、敢担当、能忍耐、有韧性、责任心强的品格，长大后无论在学习还是工作中，都脚踏实地、吃苦耐劳、表现优异。

对我来说，姑子板的这段生活和在新华小学上学的经历，尽管经年累月，印象深刻，但那时候的玩伴和同学却记不起几个，更没有一个人能够保持联系。为此，我多少有些诧异和遗憾，但仔细想起来也有其客观缘由。

第一是我们家从外边搬到姑子板属于临时的无奈之举，在这里居住具有明显的过渡性质。而那个小院的住户很少，更无同龄的小孩子相伴。出了院子就是整个村落的那条破烂的南北土路，那些玩伴就住在两边不同的土坯院落和人家当中。后来虽然认识的小朋友不少，但关系特别密切、留下深刻印象的却几乎没有。再加上那个年代交通不便，自搬走之后就再未回来过，久而久之，便和这里的人失去了联系。

第二是我在新华小学虽然度过了小学二至四年级的重要阶段，但“文革”期间教学处于不正常的状态，老师像走马灯一样地换来换去，印象中没有一个能够完整地带满一个学期，所以我们经常连哪位老师是班主任都弄不清楚。并且，有一年还赶上班级重新调整，一部分学习好的升学，另一部分学习差的不升级（当时叫“原地踏步”，实际上与正常情况下的留级差不多），我被划分在原地踏步的学生当中，直接造成后来在班级里我总是属于年龄偏大的学生之一。虽然转学之后我还十分想念新华小学，曾几次跑到校门口，期待有幸碰到班里的同学，但均未能如愿。

新华小学留给我的较深记忆还有两点：第一是有一年清明节学校组织学生到大青山烈士陵园进行扫墓活动。一大早我们就排着队步行前往，自己带着水和干粮。在烈士墓碑前敬献完花圈之后，同学们就在陵园周边的枯草丛中打打闹闹，围坐在一起吃自带的干粮。下午回到学校时已到了放学时间，大家走得腰酸腿疼，不少人脚底还磨出了水泡，步履蹒跚，感到路途实在太遥远了。这也是我第一次走那么长的路。

第二是有一年夏天上体育课时，学校组织我们到南边锡林郭勒路西侧的市游泳场学游泳，那是我第一次去正规的游泳场（当年也应当是呼和浩特市唯一的游泳场），感到很新鲜、好玩。那以后我还和几个同学各自办了一张游泳卡，整个夏天隔三差五地去浅水池游过几次，最后好像学会了一点儿，连刨带爬能游十几米。那张游泳卡上贴的照片，应当是自己拍的第一张大头像，并一直保留至今。

连带着还有一件有印象的事，那是1971年9月林彪叛逃事件发生之后，有一位家住游泳场附近的同学，在放学途中把我悄悄地拉到一边，私下很神秘地告诉了我这个消息，并要我严格保密，一定不能对外说。当时我们都感到很吃惊，还莫名其妙地有点紧张，越说感觉头脑越发热，似懂非懂地议论了很久。我那同学像个小大人似的，给我们透露各种内部消息（他应当是听大人在家里讲的），在当时这对我们有种神奇的吸引力。

十一、别有洞天的公主府

与父亲一块负责招生的另一个老师叫冀安，脸庞黝黑，穿着讲究，过去在师范学校上学时他们就是同学。并且听父亲说，在旧社会冀老师的爸爸也是一位数学老师，曾教过我奶奶和我父亲，两家人属于世交；冀老师与父亲年龄相仿，在小学也曾同过学。有一天他到我们家来，看到我们住的房子十分破旧、危险，就很认真地说，这房子不能再住了，他要向学校反映一下。结果学校很快就给我们家分了住房，全家人喜出望外。48年以后我还依稀记得冀安老师当时在我们家房前察看房子的情景，他穿的衬衣系在裤腰带里（那时很少有人这样穿衣服），显得十分精干，还把袖子撸起来，在阳光的照射下黝黑的脸上闪闪放光。想起往事，我有些不解地问父亲：冀老师当时是学校负责后勤的吗，为什么他有这么大的作用？父亲说，当时他也不是有多么重要或负责什么事，主要是他最早看到了我们家的危房情况并特别着急地向学校提了出来。而父亲因为刚调回来工作，自己不好意思首先提出这种要求。

当年呼和浩特市师范学校坐落在铁道北一个叫公主府的地方，地处京包铁路线以北约 2 公里的位置，西侧紧靠呼包公路（现在这条路叫通道北路）。那个年代对住在旧城和新城的人来说，铁道北被认为是很偏远、荒凉的去处，我在此之前从未听到过公主府这个地名。可是搬过去之后才发现，原来铁道北是个很广阔的区域（也是个概念），那里有不少工厂、单位、马路、住房等。但相对来说，毕竟地处城郊，建筑、道路等设施较为稀疏、空落，到处都有树林、河滩、空地等，间或也有不少连成片的农民住的土坯房（最近的一个是小府村）。而师范学校所在的公主府，更是非常有名，不仅占地面积大，并且校园十分整齐，当中排列着一片片砖瓦平房；到处是林木，还有不少粗大的参天古树，郁郁葱葱，气象不凡。因此，在这个区域，公主府甚至可以泛指铁道北，成为铁道北的一个代名词。

公主府

同时，公主府还是一个很有历史感的地方，相传最早是在清朝早期康熙皇帝的一个公主赐嫁给蒙古喀尔喀部落而专门修建的府邸，距今已有近 300 年的历史。整座院落共有四进五重，均为砖瓦房结构，院门前有个正方形的砖石大平台，约有半米多高，进门之后便是端庄的仪门建筑；院落中轴对称，大院套着小院，两边有对称的阿斯门（即侧门）、月亮门，前后院中间的地方还有一个带屋顶的垂花门，彩绘虽已斑驳，但结构十分精巧；所有的台阶均用白色大理石建成，铺在地上的青砖又大又厚，到处种着丁香等各种花木；建筑高大、坚固，错落有致，并且“文革”期间基本上未被破坏，保存完好（相传只有房脊上的各种兽头曾被“破四旧”砸掉，俗称五脊六兽）。在院落和周边，长着不少上百年的大榆树，茂密的枝叶遮天蔽日，给人一种古朴、肃穆的庄重感。后来我才弄明白，这处经典的清代

公主府中的月亮门（现已改掉）

四合院群体建筑，原来是清政府满蒙联姻国策的产物，始建于雍正年间（1723—1735 年），也是迄今为止国内唯一保留完整的清代公主府邸。

公主府垂花门

由公主府院落扩展开来，在后边和左右方向又建了一排排整齐的平房，有大有小，有高有低，用作教室、办公室、学生宿舍、家属区等；而最北端是刷着白墙的大食堂（北边的建筑到此为止），又高又大，走进去经常感到很清凉，是当时学校里最大的单体建筑物。大食堂的后面，是一片林地，桃树、李树和柳树居多，当中还矗立着一个标致的白塔。相传早年师范学校规划完整，风景秀丽，尽善尽美，曾评过“校园八景”，分别为：“古壁苍榆”“杏坛化雨”“破晓钟声”“飞泉溅玉”“柳塘跃鳞”“白塔夕照”“桃李成荫”“孤峰叠翠”，在当地颇为有名。这个白塔就是当中的重要一景，模样与北京北海公园中的那一个非常相似，最有标志性，给我留下较深的印象。而紧挨白塔西北方向的林园里，种着成片的桃树、李子树等，开花结果的季节经常引来游人观赏，从而形成当中的另一景即“桃李成荫”。

校园八景

校园里有两个教职工的家属区，分别称为“西院”和“南院”。“西院”在西边，紧靠西校墙，由五排青砖瓦房构成，每排又分成东西两小排，两排之间有条宽约十米的南北通道，且在通道靠最后一排房的前边还有个压水的洋井；每家的住房一般由里外两间组成，每排房加起来差不多可以住十户人家。紧靠西侧的校墙又高又厚，由土坯建成，但墙顶是由青砖砌成的略带弧度的水泥平面，常年经受风吹雨打，上边被冲洗得干干净净，胆子大的孩子敢在上边跑步。西墙外就是南北走向的呼包公路，当年那虽是一条交通要道，但路面并不宽，铺着简易的沥青，迎面开来的两辆大卡车会车仅可勉强通过。

“南院”在古建筑公主府院落的东边，隔着约有 80 米远，与公主府一东一西保持平行，仅是一排长长的简易红砖瓦房，大约可以住十几户或二十几户人家，本身也正好承担了东边南校墙的作用。

“南院”和“西院”相隔较远，两个院子的人家在互相来往中，一般都是同本院的人走动更多，更为熟悉。

白塔

我们家搬来时，这两个家属院都已住满（那个年代城市里的住房十分紧张，根本不能指望有空房），学校就在后边大食堂前仅有的一排低矮平房中腾出两间分给我们家作为临时住房。搬家的时候，有好几个新结识的同事过来帮忙，并且学校还有一辆三套马拉的大车负责搬运。我们也逐渐长大，家里又有两辆自行车来回穿梭跑动，所以这次搬家好像极为轻松，有点鸟枪换炮的感觉。

我们家住的那排低矮平房应属于食堂的辅助设施，主要是一些仓库和炊事员值班用的休息室；房子建于解放前，当年已经十分陈旧，砖瓦和木头门窗差不多都变成黑色。仓库里主要存放一些粮食、副食品、锅碗瓢盆、厨房用具等。有一阵子，我们家东边隔壁的那间空房很少有人进来休息，就被一个张姓的大师傅临时借去，给新婚的儿子作为婚房。那个年代结婚找房子非常困难，这种情况实属无奈之举。大约住了半年，那对亲密的新婚夫妻就很自觉地如约搬走了。他们住的时候，我们很高兴，总算有个伴儿，周围有点声响；他们搬走后的那段时间，我们感到空寂寥落。

西边隔壁的库房因为年久失修，窗户破损严重，就找来木工用长条木板从里边钉起来封住。但由于木板宽窄并不规则，所以个别地方留下一寸多宽的缝隙，这就招来麻雀经常悄悄地钻进去偷吃里边的粮食等，冬天多的时候一次能钻进去二三十只。这样，每当我们家有人进出时，就会惊动麻雀轰然出逃，扇动翅膀的声音呼呼作响，好像刮起一阵狂风似的；逃出去的麻雀纷纷落到对面的房顶上，再机警地紧盯着我们的一举一动；见没有人走动时，它们很快又钻进库房中，如法炮制。所以，这一排真正的住户只有我们一家人，平时与库房为伴，虽然有些孤单，但也十分僻静。

我看有这么多麻雀在库房周围飞来飞去，就总想能抓住几只。想到下雪天人们在一块木板上用马尾做成活套埋在地里捉麻雀的办法，就在缝隙处的木板上钉了几个小钉子，用马尾设下几个活套，这样只要哪只麻雀的头或者爪子被套上就可以活捉。那以后的一天，真有一只麻雀被套住了，在那个缝隙间扑棱着翅膀飞不走，急得一蹿一蹿的。父亲最早看到后，推门进屋对我说："快，套住了！"我开始还没有反应过来是什么事，当弄明白是我设的套子套住麻雀时，就又惊又喜，赶紧跑过去将其抓获。

但奇怪的是，这种捉鸟的方式仅此一次，以后不管我挖空心思设多少套子，设想各种场景促其被套，麻雀仍然照常飞进飞出，却从未再落入我设的圈套。

由此我又想起另一种常见的捉鸟方法，就是在下雪天扫出一块空地，将一个笸箩支起来，用一根细绳拴住那个支棍儿，另一头则从门缝连到房间牵在手中；再在笸箩下撒一把米，等麻雀钻到下面吃米时，就伺机突然拉绳子，把来不及逃出的麻雀扣在笸箩底下。那是在我们家搬来的头一年冬天，夜里下了一场罕见的大雪，早晨起来天气分外寒冷；我看到窗外白雪皑皑，房顶和地面都被厚厚地覆盖了一层，心里不觉一阵兴奋，当时就预感到这是捕鸟的大好时机；于是，趁着家里家外尚无人走动的时候，我就赶快爬起来穿好衣服（衣服冰凉，平时早晨穿衣服时被冻得哆哆嗦嗦，总会磨蹭一会儿），走出去在门前扫出一块空地，设下这样一个局，并如预感那样真的一次捉住两只麻雀，非常激动。但自此以后我用这个办法也多次设局，却再也未能斩获，以致后来信心全无。

简单讲，用以上两种方法，我都曾成功地捉到过鸟；但均仅有一次，以后再也捉不到了。不知这是为什么。难道是这些麻雀被捉过以后就真的成精了吗？我始终弄不明白其中的奥妙，也许不少的人生体验都是如此吧。

说起麻雀，我们小时候还有掏小鸟的经历。每到春暖花开之际，我们家前后的瓦房中，麻雀就会找个瓦片或在房檐下边的空隙处筑巢下蛋，经常见到两只麻雀在有鸟巢的周围飞来飞去。当雏鸟孵出来之后，就会听到它们的叫声，以后随着长大，叫声也越来越响亮；我们循着鸟叫，可以知道鸟巢的大致位置，就想办法搬个梯子，小心翼翼地爬到房顶或房檐下掏小鸟。而每当此时，两只大麻雀就会在我们的周围紧盯着我们的举动，不停地抖动双翅，生气又愤怒地叫来叫去，好像在骂我们一样。

一窝小麻雀一般有四只，每次掏回来时因孵化的时间不同，自然有大有小。大一点的已经长出细羽毛，抖动翅膀可以略微飞起来，经常是活蹦乱跳的；最小的光着身子，红麻不溜子，有的甚至眼睛还未睁开；它们的嘴巴很大，嘴边黄黄的，一听到动静就张大嘴巴，叫着等待给它们喂食，总是吃不饱的样子。而随着小鸟一天天地长大，嘴边的黄色也逐渐褪去。

为了不使这些小鸟冻着，我们就在一个纸盒子里放一些旧棉花和干草等给它们做成一个窝，平时就把它们放在里边。随着小麻雀长大，羽毛很快丰满起来，接着就可以在屋子里飞来飞去。但大部分养不了多久，不是中途夭折，就是不经意间飞走了。那一段时间里，每家每户的孩子们，几乎都掏小鸟玩，并互相比较。

不过，有一年我养的两只却比较成功，经常用面食训练它们隔段距离飞落在我的手上，并尝试着将它们放到屋外的窗户前，它们也未飞走。为此我专门用红线缠绕在它们的细腿上，以便识别，满心希望把它们训养成像鸽子一样有家性，飞出去可以自己找回家来。以后的一天，我还领几个同学到家里来观摩我放鸟叫鸟的练习。但这一次，它们却很不给我面子，放出去之后怎么抛食也叫不回来，末了干脆飞落到对面高高的房顶上。我心里着急，就捡起小石子投上去想赶它们下来，但它们却略带不舍地越飞越远，最后飞过房脊不见了。为此我很是懊悔和失落，并抱着侥幸心理盼望它们什么时候能够再飞回来，出现在我们家的窗户前。但几天过去未见踪影，奇迹终未出现，我知道它们不可能再回来了，为此心里难过了好一阵子。但是，这件事也让我彻底认清：麻雀实际上是养不熟的。所以，有一句骂人的话讲得很到位，叫作“喂不熟的家巴子（即麻雀）”。

整个校园除了两三条由青砖铺成的甬道之外，大部分都是平整硬实的土地。我们家就在两个房间的窗户前开发出两片菜田，主要种豆角、茄子、葫芦、黄瓜和西红柿等，间或也种一些玉米、向日葵。可能是在大召前街11号院形成的习惯，母亲还特别喜欢种花，就骑着自行车专门跑回旧院要来花籽，在菜田边靠近家门口的地方，又顺着东侧挖出一块长方形的花地，种上各种花草。每到夏季蔬菜和花草生长出来的时候，父亲就把食堂里的拉水车借来（在一个排子车上躺放着一个用汽油桶改装的大水桶），带着我为菜田拉水浇灌。

我们家养的鸡最多时差不多有十只，不同花色，有大有小。我们在房檐下专门给它们搭建了一个鸡舍，等鸡屎积累到一定程度时就掏出来施到菜田里。这样，这两片菜田既浇水又施肥，蔬菜和花草总是长得十分秾茂，各种鲜花渐次开放，五彩缤纷，经常招引蝴蝶、蜜蜂、蜻蜓、花大姐（一种金黄色的小瓢虫）等纷至沓来；我们就小心地抓这些昆虫玩，个别的时候也有不小心被蜜蜂蜇到手的情况，又疼又肿，那可算是惨痛的教训。

我们住的那两间房原本是两个分开的单间，搬来时在东边的那间盘了一个后炕，西边的这间摆了一张单人床。父母和妹妹们睡在东边房间的炕上，我则单独睡在西边房间的床上（那时特别羡慕能睡在床上）。居住环境改善以后，全家人感到宽松了许多。后来天气逐渐转冷，两间房分开无法取暖，我们就在中间的墙壁上打通一个门，把两间房变成里外间；东边的房间为里间，将原来的正门封砌起来，并把我睡觉的那张单人床搬进来横着堵在窗户前，这样我们一家人又睡在同一个房间里。火炉子的烟筒从里间伸到外间，再由外间通到房顶外边砖砌的烟囱，这样炉火的热能就可以得到充分的利用。并且，为了保暖，父母还用破棉花和棉布缝制成一个厚厚的窗帘，每当傍晚时分，就从外边把它挂起来，将整个窗户、家门都遮盖得严严实实。

但即使如此，我们的窗户上每天都会被冻上一层厚厚的冰花，致使玻璃模糊起来，里外不能相见。早晨火炉生起来以后，加之窗外太阳高照，窗户上被冻得结结实实的冰花才会慢慢地融化，这时窗台上就会积起一片水来。因为就睡在窗户前，起床后我经常会坐在床头上用指甲划冰花玩，看着它们渐渐地化去。但也有个别数九寒天的日子实在太冷了，未等冰花完全融化，到下午时天气就又开始变冷，将窗户上的冰花重新冻起来。每遇到这种时候，我们就会经常说：今天太冷了，冰花一白天都未化开。

我们家的窗户分上下两个部分。上边的窗棂用麻纸裱糊起来，在正中间的大方格处还贴张漂亮的图案，四个小角则有对称的小窗花；下边是一排约 80 厘米见方的玻璃窗，冰花就冻结在玻璃上。这种窗户因为仅是薄薄的一层纸或玻璃，并且简陋、陈旧的木头窗框并不严密，一到冬天实际上难挡风寒，所以从外边堵层棉帘就十分重要。此外，现在想来那时的居家防盗形势并不严峻，就是薄薄的一张窗户纸，却很少见到入屋行窃的情况。当然，这与那个年代每家每户实际上也并无什么钱财可偷有关。

那个年代过春节仍然非常热闹，家家户户都很重视。所以，进入腊月之后，父母就开始忙碌起来，总要把房间的里里外外都打扫一遍。撕掉窗户上的旧窗纸换成新的，下边的玻璃则擦得透亮；用当地的一种白土将屋子的四壁、顶棚粉刷一新，被褥则均要拆洗干净；炕上铺的毛毡、棉毯等都取下来挂在外边晾晒，用竹竿反复敲打沾在上边的尘土，再用笤帚从上向下多次掸扫。那时还有买年画、贴年画的习惯。我们家第一次在新刷的后墙壁上贴了两张年画，经常引来院里的小朋友爬在炕沿边上细心观赏。印象最深的一幅画面，是有一群男女孩子围在一起观看地球仪，个个脸庞红润，面带笑容，充满憧憬，画的题目叫作《放眼全世界》。那一年许多家里都买了这张画。

房间打扫完之后，窗户、墙壁、屋顶均焕然一新，连电灯泡都会擦干净，所以家里顿时显得亮堂了很多；拆洗后的被褥盖在身上既松软又舒服，此后好长一段时间都让人感到神清气爽，心情愉悦。

还要蒸几笼圆馒头，顶端用红颜色点个红点；冻豆腐，压粉条，炸黄米糕及油饼、麻花、土豆块儿等，然后将它们全部放进门口的一个陶瓷缸里冻藏起来，正月里每天都可以取来吃现成的，一直吃上一个多月。在腊八那一天到来时，还要将挂在门框上的一辫子大蒜剥掉皮，在一个罐子里腌起来；腌蒜很快就会变绿，以后吃饭时就会捞出来放在一个盘子里，吃所谓的“腊八蒜”。

此外，我们还在家门口的窗户前挖了一个两米多深的菜窖，秋天时就把买来的土豆、萝卜、大白菜等储存进底部的两个窖洞里，一冬天都要爬上爬下去取这些储存的蔬菜。而每当打开窖盖时，窖口的四周总是会冻上一层由水蒸气形成的白色雪花。那个年代，每家每户的门前基本上都要挖这样一个菜窖，菜窖是生活中的必备设施。

总之，每当春节来临时，父母为准备过年往往要密集忙碌一个多月，经常累得腰酸腿疼，叫苦连天。孩子们则因为放了寒假，那时留的假期作业也不多，就在院子里到处闲逛、玩耍，东家进西家出，很是轻松自在，开心快乐。但快要到开学时，才感到落了很多假期作业并未完成，就被家长逼着赶写作业，经常也是挨打挨骂、压力山大。

对男孩子来说，过年最重要的一件事就是攒钱买炮竹；有一阵子我还迷上了制作火药。当时在我们中间流传着一种说法，叫作“一硝二磺三木炭”，好像还是从看电影《地雷战》里面学来的，说火药就是由这三样东西配制而成，本身就是中国的四大发明之一，自古有之。于是，我们就四处搜罗，找来这三样配料（木炭是自己用木柴在炉灶里烧制的）；为了不起飞尘和燃爆，配制时还加了一些水。因此，配制好后有些潮湿，也不知道是否真能爆炸，就放在一张白纸上置于火炉盖的边上想慢慢焙干。

我盯着看了一会儿感觉没有什么变化，另外炉盖边上也不是很烫，就把注意力转移到干别的事上来，遂把焙火药的事忘得一干二净；当逐渐嗅到屋里有股火药味儿散发出来并猛然反应过来时，就急忙转身去拿放在炉盖边白纸上的火药，可那堆火药就在这一瞬间炸开起火，把家里所有的人都吓了一跳，顿时满屋浓烟，火药味儿呛鼻；我拿纸的右手大拇指也被火药灼伤，火辣辣地痛，后来脱下一层皮。紧接着只听父亲在旁边很严肃地说了一句责备的话：“不能在家里搞这些东西，屋子还让你点着呢！”但另一方面，我也挺高兴，因为这意味着我做的火药实验成功了。以后我还用自制的火药做了几个炮竹，不过虽然可以燃爆，却基本上形不成多大的响声。

十二、小花园里的自来水井

我们家前面的那排砖瓦房十分高大，并在地面有半米多高的青砖平台。听父亲说，这排房过去正是学生的餐厅，他们上学时就在这里一日三餐。但是，我们搬来时，这些房子已闲置多年，木头门窗破损不堪，不少已被卸掉，留下的残垣断壁前后通透，我们可以穿堂而过。因房子高大、透风，青砖铺地，夏天在里边玩耍十分凉爽，平时也空寂无人，所以中午睡不着觉时，我们就经常在这些空房子中玩游戏。

有一次，我们看到来了几个穿工作制服的人，在一间大房子的中间墙壁上挖开一个方口子，有一人多高；然后再嵌进去一个大木匣子，过几天还置放进一台屏幕很小的黑白电视机（好像是天津产的北京牌电视）；虽几经调试，但仍然影像模糊，影影绰绰，喇叭的声音则混杂不清。木头匣子有两扇小门，平时上一把锁头，每到下午七点之前，就会有专人过来打开木头匣子放电视节目，下边常会聚集不少男女老少驻足观看。这是我最早见到的电视机，当时对所有的人来说都感到很新奇，谁也想象不出在那样一个窄小的屏幕中怎么会放出影像来。所以，电视开始播放的那几天，这也成为院子里人们经常谈论的一个话题，都说现在的科技真的是越来越发达了。

再以后，学校开始搞校办工厂，就把这一排房全部利用起来，前后两边又筑起墙壁，修好门窗，作为工厂的车间和办公室，从此我们也再进不去了。凑巧的是，后来有段时间父亲还被学校派去管过这个校办工厂（平时我们都叫小工厂），生产一种叫作学生电源的电子产品（实为小型变压器，将 220 伏的电压转降为 36 伏；主要由教育主管部门分配给各中学专门做物理课教学实验）。以后，父亲为给我提供一个安静的学习环境，每到学校放假和休息日，就把小工厂的钥匙交给我，让我一个人悄无声息地去小工厂的办公室学习。

有一阵子社会上流行起来自做半导体收音机，几乎每家每户都买来各种元器件在一个线路板上焊来接去，当连接完成，能够收听到声音时，人们的脸上就会露出兴奋和满足的笑容。有一天，父亲从小工厂里找来一个旧收音机的木头壳，在物理老师的帮助下自己焊接了一个交流电收音机（大部分自制的收音机为直流电）。收音机就摆在我床边的窗台上，伸手即可旋转按钮收听各个电台的广播。当时对我们吸引力最大的是评书，主要听浩然的长篇小说《艳阳天》《金光大道》等，还有一部印象比较深的是《海岛女民兵》；但收音机里每天都会反复唱两首重要的歌曲，一首是《东方红》，另一首是一群人声嘶力竭的大合唱："无产阶级'文化大革命'就是好！就是好来就是好，就是好！"再就是经常收听到在那个年代特有的用"文革腔"广播的理论或大批判文章，以及所谓"两报一刊"(《人民日报》、《解放军日报》和《红旗》杂志）的重要社论等。

那个年代，无论是中学还是小学，或者是其他任何单位，只要开会，领导讲的第一句话都是一样的，说："当前全国形势一片大好，而且越来越好！"还经常讲伟大领袖关于"三个世界"的科学划分，以及城乡、工农、体力劳动与脑力劳动的"三大差别"。告诫大家：无产阶级的历史使命就是要消灭"三大差别"，并且要胸怀世界，解放全人类；还说："世界上三分之二的人生活在水深火热之中"，"四海翻腾云水怒，五洲震荡风雷激"，我们无产阶级"只有解放全人类，才能最后解放自己"。

此外，就是整天批判知识分子，说他们是"臭老九"、像"臭豆腐"，闻起来很臭，吃起来很香，要彻底地将他们批倒批臭。大约在 1976 年元旦，《人民日报》发表了毛主席的两首诗《水调歌头 · 重上井冈山》和《念奴娇 · 鸟儿问答》，那几天收音机里经常重播，以至于我们都耳熟能详。

还有一件事让我始终疑惑不解，那就是当年中国曾邀请意大利著名导演安东尼奥尼来中国拍摄了一部纪录片，名字就叫《中国》，据说开始放映时很轰动，好评如潮，周恩来总理还亲自接见了这位著名导演并表示衷心感谢；但没过几天就出现惊人逆转，各大媒体开始猛烈批判这部纪录片，说其将镜头专门对准中国脏乱差等不好的地方拍摄，故意歪曲和丑化中国及其人民，并很快即被禁映。当时，我们被灌输得都相信那个意大利导演和这部影片很反动，是个大毒草，但究竟内容是什么，实际上谁也未曾看过。

在我们家这一排房东侧的尽头，有一个单独的篮球场，夏天午休时如果在这个球场拍球、投篮等，声音会传递到我们家的炕上并影响父亲午休。对此我开始感到有些意外，因为隔得很远（约有 200 米），实在想象不出怎么会传到我们家里来，后来我躺在炕上专门注意体验了一下，才发现真的声音很大（应当是排房传音所致），因此后来我们就自我约束，尽量不在中午打篮球。

篮球场的北边就是刷着白墙的学生餐厅，那是当时学校里最大的单体建筑物；每天都看着男女学生相跟着接二连三地走过来打饭吃（那时很羡慕他们），每个人手里拿一个饭盒或者盆碗等，食堂里飘散出饭菜做熟的香味。如果哪一天杀了一头猪，做了红烧肉，那么味道就特别浓重。

自来水井

紧挨篮球场的南边是一个小花园，约有三个篮球场那么大，里边长满榆树、柳树、杏树、桃树、李子树等，还有一丛丛丁香、樱桃等灌木，林木荫翳，到处绿色葳蕤，鸟语花香。冬季树木落叶之后，立刻显得空寂萧瑟，寒风吹着树梢摇曳不止，呼啸作响；下雪之后就变成银装素裹，雪地里留下一串串行人走过的脚印。整座花园平缓凸起，形成一个小山包，并在偏东的最高处有一口自来水井，系由一根碗口粗细的铁管子通到地下，泉水不断地喷涌出来。只是后来水流越来越小，就又在水管子上套了一截更粗一点的铁管，大约有一米多长，相当于给自来水井扣上了一个长顶帽子，并在上边焊上一根不足10厘米的细水管，管口向下，自来水流入用水泥建成的一个圆形水池里。这就是八景当中所谓的“飞泉溅玉”。

由于自来水常年源源不断，所以这一带的植被非常茂盛，好像空气也比其他地方潮湿许多；还在花园里形成一道水渠，绕着东侧向北边淙淙流去，直到学生餐厅的东墙边与后操场（也叫大操场）的西南角再分成两条溪流，一条向北流入大食堂后边的园圃中，另一条则距离较远，沿着水渠一直流向最东边的鱼湖。由于校园南低北高，所以水渠在不少地方明显高出地面，类似于地上河，一旦哪儿决口就会漫延开来，人们发现后就赶快叫人去封堵。另外，还有一条小水渠是向西向南，最后顺着家属区“西院”的东侧流向南边的那片公主府院落，又从那里的一条渠道从南校墙流出校外。

听父亲说，那口自来水井还是在日本侵占时期由日本人钻探、建造的，本来水很大，就是从那根碗口粗的水管里冒涌出来，常年不息。但后来水越流越小，所以才套上外边的那截铁管，并把出水口大幅度缩小。

此外，学校里还有另一口更大的自来水井，那是在东边的鱼湖畔上，出水管的直径约有半米，管口向东，白花花的泉水直接流入那里的鱼湖中，遂形成“柳塘跃鳞”之景观。事实上那几个鱼湖也正是由这两口自来水井的不断补水而建成和保持。后来由于自来水断流，鱼湖也就自然干涸了，并被改造成大片的农田。

在小花园紧靠自来水井的东侧，还建有一个青砖小水房，常年有个薛姓老头儿（我们都叫他薛大爷，系附近府兴营村人）负责烧一个小锅炉，专门为学校提供开水。这样，住在锅炉房东边寝室的学生和住在西边、南边家属区的老师及家属，都会手提水壶早、中、晚定时走过来打开水。为此，我们家搬来之后，还特意仿照别人家也买了一把大肚子的铝制大水壶，打一壶开水正好可以灌满两个暖水瓶。就为家里买回这把大铝壶（记得约 24 元，也需要专门积攒），我们也着实高兴了好几天。

在小花园的最南边，长着三棵又高又粗的大榆树，树冠密密匝匝，在天空中形成一片很大的遮盖面；榆树之间还间或有五株红杏树，过去学校在榆树下、杏树边，曾设有一个露天讲坛，是师生们最主要的集会场所，故名为“杏坛化雨”，也被评为学校里的重要一景。后来学校就利用这个条件，在树荫下砌起一个坐北朝南的主席台，连接的树冠正好形成一个穹顶。主席台北边背靠小花园的山包，南边是个小操场，土地平整坚硬；紧邻小操场的东边是一排排整齐的平房，主要用作教研室；在第一排的山墙上，白底红字写着几行标语："学生也是这样，以学为主，兼学别样，即不但学文，也要学工、学农、学军，也要批判资产阶级。"这是"文革"期间毛主席有关"五七干校"重要指示当中的一段话，由于单独有"学军"这个词，有的小孩儿就专门跑来告诉我，并指给我说："看，这里有你的名字！"

小操场的西边就是家属区"西院"，家属院的孩子们经常聚在这里玩耍，三五成群，跑来跑去；大一点的孩子也会跑到主席台上玩，跳上跳下。后来有一段时间，由于学校疏于管理，主席台的后墙壁开始破损，砖头被人拆掉不少，这样孩子们就能沿着墙壁"拾级而上"，爬到后墙的最高处伸手可以够着头顶的树枝。

在公主府留影

我们常玩的一个主要游戏是“逮的”，一般是 1 逮 2—3、2 逮 3—4 或者 3 逮 5—6 等。逮的孩子用手拍到被逮方的身体就算逮住，被逮住的孩子（俗称“死的”）只能站在原地不动，等其他未被逮住的孩子（俗称“活的”）来救。只要两个孩子的手能够相互触及就算救活，被救的孩子可以重新跑（活）起来。这样，两个“逮的”孩子就需要不断地围追堵截，直到把四个孩子全部逮住才算结束（以 2 逮 4 为例）；然后，那被逮住的四个孩子需要重新猜拳，以确定两个新的“逮的”人选。当年这种游戏在公主府一带非常流行，无论在学校还是家属院，到处都可以看到男孩女孩们飞奔的身影，急转、躲闪、加速，经常像两只蝴蝶一样追来追去。这种游戏的确可以锻炼孩子们奔跑的速度、灵活性、耐力、相互协调配合等诸个方面。

那时学校没有大礼堂，所以一些重要的活动都是在小操场聚集，包括歌咏比赛、全校师生大会等。有一次还用几辆大卡车拉来十几个当地的地痞流氓进行批斗，他们站在车厢里都低着头，每人的脖子上挂着一块硬纸牌子，上边写着罪名、姓氏等；其中还有一个少女，有着白皙、姣好的面容，穿一件时髦的蓝色劳动布夹克上衣，很多人专门挤到跟前看她，而她的眼球却骨碌碌地转个不停，似乎满不在乎。1976 年 9 月，当伟大领袖毛主席逝世的噩耗传来，全校师生也是整队来到这里，站在操场上号啕痛哭，声音响彻学校的上空。

很多时候小操场上会拉起一两张排球网，学生、老师就聚集在这里打排球，家属院的大人孩子们也经常分成两拨儿进行比赛。傍晚时分，有时还会在立起来的两根木柱子上挂起一块白色的银幕，孩子们看到了就会相互传递消息，很快院子里的人就都知道了，大家从四面八方聚拢过来，自带板凳、马扎等观看露天电影。夏天的晚上，这里十分凉爽，在电影放映前男男女女有说有笑，相互之间打趣逗乐，既热闹又欢悦；而小孩子们则在周围和银幕前后跑来跑去，相互不停地叫名字、打招呼等。天渐渐地暗下来，电影开始放映后，大家就立刻安静下来，聚精会神地观看，每个人都显得很投入。

公主府最后一重院落

“文革”时学校停办期间，那些校舍、教室等都闲置起来，所以到处都是空房子。古建筑公主府这片院落则全部封存起来，那些高大的青砖瓦房，大多数都变成库房，不少套在其中的小院也堆满了各种物料，原来走的正门（即公主府的青砖门房，我们称其为南大门）自然关闭，改由西大门进出。上级决定重新招生开办之后，学校的教职员工又开始忙碌起来，大家好像重新焕发了青春，每个人的脸上都流露出笑容，精神抖擞，到处洋溢着欢欣鼓舞的气氛。教室和宿舍都进行了彻底的修缮，破损的桌椅板凳重新修好，里里外外都收拾得干净整齐，到处焕然一新。尤其是把公主府的那片院落重新整理出来以后，更是格外引人注目，家属院里的大人小孩们相互传递消息，纷纷跑来观看。这时又把南大门和两边的墙壁粉刷一新，朱红颜色；门房窗明几净，重新开起来，一幅喜庆祥和的景象。

那几届的招生也特别全面，除了语文、数学等普通专业之外，还招收了体育、音乐和美术专业班（那时叫作“小三门”），每个班大约有20多名学生。从此，校园里到处活跃着他们的身影，使学校体音美的专业水平大幅度提升。

体育班的学生经常出现在操场上，打篮球、踢足球、打排球，或者练习体育器材、田径等各类项目，每一项都像模像样。有一阵子在我们家东边的那个篮球场上，还专门安装了直射球场的照明灯。这些学生每天晚上分成两队进行篮球比赛，许多球迷围观，还不时地大声喝彩。我就是在那个时候体验到篮球的艺术与魅力，到老都喜欢看CBA篮球赛。

还有一段时间，有个喜欢摔跤的学生专门从市里的摔跤队借来两副摔跤用的褡裢，在那个小花园靠近篮球场的地方开辟了一小块摔跤场，经常召集一些摔跤高手来这里一决高下。他们生龙活虎，有招有式，我从中学到了不少摔跤技巧。

音乐班的教室就在这个篮球场的东边（也是那条水渠的东边），是单独的一间大教室，房檐下的木围框刷成蓝颜色，格外引人注目，这在当时的校园里显得很特别；而在其南边的东侧，则有一排南北走向的东房，窗户正对着篮球场，那里存放着手风琴、锣鼓、二胡、马头琴等各种音乐器材。其中还有一台很大的磁带录音机，居然可以把你说的话原声录下来，让我们更是觉得有些不可思议；这是我平生第一次看见录音机，很是着迷，总想靠近说几句话让它录下来。

音乐班的女学生也住在那几间平房中，经常看到她们穿着各种鲜艳、时髦的衣服，梳妆着各种流行发型，处处彰显着与众不同的文艺范儿。她们经常亮开嗓子，哼唱各种声调的歌曲，或高或低，或粗或细，确实悦耳动听，总是吸引我们忍不住朝她们的方向多看几眼。

尤其是在过节时，偶尔学校会组织联欢活动，这一带就变得十分热闹，在那个教室里整天进行着各种节目的彩排，歌声不断从教室里飞出来，在很远的地方都可以听到；伴随着曼妙的音乐声，整个校园都好像沉浸在愉悦当中。我们经常挤到窗户前观看，有的还爬到窗台上。我逐步感受到音乐舞蹈的美妙之处。最难忘的是音乐舞蹈《洗衣歌》，讲的是一群穿着花花绿绿的藏族美少女与解放军战士在河边洗衣服的故事，一边跳舞一边唱歌，旋律优美，余音绕梁，感觉好听极了。

美术班离我们家更近，他们主要的绘画室就是我们家前边那排砖瓦房最东边的一间大教室，在它的东侧就是那个篮球场和小花园。画室里的不同区域摆放着各种静物和石膏造型，有时也随便坐个人（包括院里的小孩儿）作为模特，学生们就对着景物或模特作画；而那个教美术的张老师总是神情专注地在学生中间走来走去，实时进行现场指导。学生们还经常在小花园的溪水边、园圃中、操场上等各处写生，给校园平添了许多生机、活力。

那一阵子社会上流行起来玻璃风景画，装好相框挂在家里用于装饰，好像每家每户都要弄上一幅。因为我们家就住在画室附近，我和妹妹们经常去看他们画画，所以张老师对我们家也逐渐熟悉起来，并亲笔给我们家画了一幅玻璃风景画。我们觉得很珍贵，因为这是真正出自美术老师之手的作品，就小心地挂在家里的墙壁上。

当时正好还流行出黑板报，几乎每个教室的山墙外都用水泥抹出一块黑板来，由各个班级负责定期出黑板报；而美术班出的黑板报最好，除了用几种颜色的粉笔之外，他们有时还用颜料，所以显得色彩斑斓，很有艺术感。印象最深的是有一年又掀起了学习雷锋的热潮，几乎每个墙上的黑板报都画出雷锋戴棉帽的那张画像，摘抄一段雷锋的日记。其中，有一段话最为有名，至今印象较深，是“对待同志要像春天般温暖，对待工作要像夏天一样火热，对待个人主义要像秋风扫落叶一样，对待敌人要像严冬一样残酷无情”。

我对出黑板报的人极为敬佩，常站在身后看他们用粉笔抄写文字和作画；有男有女，有说有笑，一边干活一边交谈、逗乐，男女相互欣赏，感到他们的心里美滋滋的。

总之，那个阶段学校里到处都充满了轻松自在、繁花似锦、欣荣向上的乐观氛围，老师学生、大人小孩儿都感到心情舒畅、幸福愉快，对未来满怀憧憬。

十三、校园趣事

那个年代我们看电影，除了夏季在学校有露天放映之外，平时主要去新钢电影院和红旗电影院。一个在河西（学校的西边）比木材厂更远的“新钢”一带，那里是一片很大的工厂区，以新生钢铁厂为中心，形成一个新的社区，有学校、医院、商店、银行、电影院等；在电影院前还有一个水泥地面的大广场，这也是附近居民的一个重要活动中心。另一个则较远，在火车站西南边的车站西街，需要骑着自行车向南走过京包铁路线。当年铁路与公路交叉，火车过来时就把设在铁路两边的两根拦路杆子放下，将车辆和行人挡在两边等候火车通过。我们站在铁道旁，一边看着列车一节一节地驶过，一边数车厢的数量。一般情况下，那时的绿皮客车有 11—12 节，后来有所加长，有 13—14 节。而在铁路边建的那个扳道房前，每到夏天都会种一块小花园，次第开出几种花来；但路边的灰尘太大，那些开放的花朵和绿叶常被蒙上厚厚的一层，大部分时间都是灰不溜秋的，并不鲜亮。

红旗电影院相对老旧一些，在街道的南侧；而从电影院再往西走大约 50 米，就是我们住在火车站附近的那个姨姨家。所以，每当我们来这里看电影时，一般就将自行车停放在她家的门前由她负责看管，我们对此感到很放心。那房子既低矮又狭小，有里外两间；窗户不大又背阳，所以屋里光线很暗。她经常独自一人端坐在窗户前向外张望，观看马路上过往的行人（也不知为什么，打我记事起，家里好像总是只有她一个人）。我们每次来时她都很高兴，母亲就和她一起唠家常；而孩子们则无所事事，待一会儿就会走出家门，在马路上遛达，看看马路上的过往行人。

在家里靠后墙的一个小木柜上摆放着一只闹钟。每当那个红色的秒针转一圈走到 10—11 的区间时，就会上下抖动起来，并艰难地向上爬高，直到爬至 12 时最高点后，就会陡地滑落到 2 时左右的位置，然后回复到正常走动。我们无聊时就在小柜子前盯着那只钟观看这个过程，看了一圈又一圈。并且，从我记事起第一次看到这只钟就是这么走，一直到很多年以后仍然如此，好像不仅未坏过，而且走得还挺准时。间隔时间久了之后，看到它时，常有种久违了的亲近感。

那个年代电影票一般都是 2 角一张。新电影放映时学校就会包场，每个职工发一张，家长们通常还会从不去看的同事那里多要一两张，有时也可以自己花钱多买，这样家里就会有几个人一起去看，经常自行车前后都带着人。而骑到过铁道时，因为要爬坡，那坡又长又高，所以车子经常蹬不动，这时坐在后座的人就会跳下来从后边助推自行车上坡。那时，我们总是盼着什么时候这里也修成立交桥，那样就可省去人们许多的等候和辛劳。

打倒“四人帮”那一年，激发了文艺创作的积极性，春节期间有四部彩色电影集中上映，分别是《青松岭》《艳阳天》《战洪图》和《火红的年代》，一时成为人们谈论的热门话题。大家感到大饱眼福，享受了丰富的精神文化盛宴，至今记忆犹新。还有一段时间拍了几部科教片，也引起人们的浓厚兴趣，其中《对虾》和《捕象记》最为轰动。

对着南大门的正南，耸立着一堵砖瓦构成的宽大照壁，那是旧时重要建筑物的标配。后来学校还将照壁对着校门的里侧粉刷成白色，用红色颜料写上“忠诚党的教育事业”八个大字。在照壁北边的偏西侧，长着一株苍劲的老榆树，盘虬矫健如龙之探爪，据说其树龄比公主府的历史还要长，所以在当地就有“先有老榆树，后有公主府”的传言，这也使这一景即“古壁苍榆”成为校园八景之首。

另外，在南大门西侧靠西便门的校墙外，还长着两株我在伊克昭盟曾经见过的那种沙枣树，树干歪斜，紧靠校墙，绿灰色的细叶子，结一些软果果（即沙枣）。这是我在呼和浩特市最早看到的沙枣树，也足以说明城北这一带比城南（如旧城等）实际上还是干燥不少。

在古照壁西南边沿着呼包公路，是一片高大的杨树林，南北狭长。在树林靠近路边的西侧，单独辟出一块空地，建了一栋红砖墙壁、水泥预制板盖顶的平房。那时这种建房模式在旧城、新城等市区里极少见到。这是附近的一个副食品店，我们打酱油买醋等许多日常需求都要跑到这里来实现。经常的感觉是：如果能骑自行车跑一趟，这段路程不算什么；如果步行过来，则有点远和累。所以，一般情况下我们都不愿意走着到这里来。尤其是我们家，又住在学校的后边，比住在前边的家属院远了许多，所以更加发愁。但有的时候，的确是急需，又无自行车可骑，就只好被家长逼着走一趟。

驼车

树林的南端，一直延伸到东西走向的海拉尔东路；在路北树林边上也开辟出了一块空地，用土坯砌成一个骡马大店。四边的土坯围墙很完整，北边是几间正房，作为客栈，东西两侧都是马厩；大门朝南，经常有过往的车马在这里歇脚和修理（那时这一带还有不少马车，有的时候也能见到由一匹或两匹骆驼拉的大车），一般都停放在院子中间。这在当时也让我们感到有些新鲜和特别，尤其是我们家刚搬来时，这个骡马大店便成了我们寻找回家路口的一个重要标识；只要看到它我们就放心下来，知道不会再走错路了。否则的话，经常会多跑不少冤枉路。

在对面海拉尔东路的南边，是一片很大的园林，当中耸立着一座由傅作义将军题写碑文的抗日烈士纪念碑，后边还有几幢破旧的砖瓦房。但那时这片园林十分荒芜，从不见有人进去，我一次也未敢涉足。后来不知在什么年代进行了整理、开发，建成现在的公主府公园。

抗日烈士纪念碑

在大部分时间，我们进出学校主要走西大门（南大门要上下台阶，门前也不通主路，所以开了一段时间感觉不方便，就又转回来重新开启西大门）。西大门设在家属区“西院”的南边，是在高大的西墙上开了一个简易的铁栅栏大门，出去就是南北方向的呼包公路（早期建这个大门主要是为了进出马车）。在大门里边的北侧，用青砖建有一个挺大的传达室，由里外两间房构成；在两间房中间的墙壁上还掏出一个小方口子，将一部黑色的老式拨号电话机置放其中，这样里外两边就都可以接听电话，在当时那应该是学校里唯一的现代化通信工具。那个年代人们的联系往来，几乎不使用电话；电话是十分紧缺的公共资源，极为少见，除了邮电局和大机关之外，只有高级干部的家里才可以公费配置。

看传达室的是一个张姓老头，他常年独自一人住在里边，好像从未离开过一天。他自己做饭自己吃，最常做的是在一口小锅里下手揪的面片，那时房间里就会飘散着一股面香味儿，每次我进来正好赶上闻到这种味道，嘴里总是感觉馋馋的。他的主要工作就是接收和分发报刊信函，个别的时候叫个电话什么的。每天晌午时分，当邮递员把报刊信件送来时，他就会紧张兮兮地忙乱一阵子；他的大脑好像特别怕别人打扰，耳朵也有点背，所以稍一受影响就容易分错。并且，一错就乱，一乱就躁；脾气又大，动不动就向人发火。因此，他常跟来传达室的老师吵起架来，有时还把看报的人一起哄走，小孩子们都怕他。正因为张大爷固执地认真，所以从结果看他几乎从未分错过报纸信函；这一点得到学校老师的普遍赞许，也是他脾气大的一个重要资本。在学校重启南大门的那段时间，他也搬到门房中值守，因那间房很小，又三面都是玻璃窗，自然暴露在众人的目光之中，所以他感到很不适应，也睡不好觉，一脸的苦相，整天唉声叹气的；后来又搬回来了，对他来说是个很大的解脱。

我们家里因为父亲长期订阅一份《参考消息》，每天中午一般都是由我去取，所以我就习惯性地来到传达室，先想办法与张大爷说几句话（常怕引起他烦躁），然后就看桌子上的各种报纸和杂志；也看来了一些什么信件，有无我们家的来信。看的最多的是《人民日报》《光明日报》《内蒙古日报》等，还有每周一期的漫画报《讽刺与幽默》；《参考消息》因为是自己家里订着，所以可以取回去再慢慢看。

另外，对着传达室正南大约30—40米的地方，有一个土坯建成的露天旱厕，外边刷着白墙壁，较为宽敞、干净；男厕在北边，有七八个茅坑，院子里的人都是到这里上厕所（那时整个学校没有上下水系统）。我的习惯是：取到报纸就顺便来到这里，一边蹲坑一边看《参考消息》；经常还会碰到一两个熟人，有大人有小孩儿，我们就隔墙说几句家常话。

我最爱看的还有《体育报》，但在当时那并非日报，每周大约出2—3期；那个年代包括《人民日报》在内的所有报纸都只有四个版面，黑白印刷，信息量有限。每次看到有《体育报》来时，我都会花较多时间阅览，一是我对体育很感兴趣，总是关心各种项目的比赛；二是那些报道、文章比较具体，容易理解。

在我大约上初二的那年冬天，《体育报》上刊登出几幅学生画的漫画，其中有一幅是老师带着一群学生进行晨练，长跑的队伍转来拐去，很长很长，题目叫作“我们的队伍越跑越长……”。我受这幅漫画的启发，又联想起那一阵子有个年轻的代课老师每天跟我们一起进行长跑的情景，于是写出一篇作文，最后一句就采用那幅漫画的夸张写法，说“我们的队伍越跑越长……”。并且，我还偷偷地将这篇作文投稿到《体育报》编辑部，企盼着能够发表；没想到过了大约一周，我真的收到《体育报》的复函，大意是说：这篇稿件拟用，但不知所写的是真实事迹呢还是虚构的？如果是真人真事就要求学校盖上公章并加以注明。能收到来自北京的全国性报纸准备刊发的函复，在当时那可是件很轰动的事，我大喜过望，既兴奋又很自我膨胀，就把这封信和稿件悄悄交给语文老师。亢奋加之上火，之后的几天我生病了，躺到床上发着高烧，感觉天旋地转，头脑昏昏沉沉；有一天下午放学后，有两三拨儿同学跑到家里来看我（因为住在学校的院子里，所以他们走过来很方便），都惊奇和羡慕地说起我投稿的事来。原来就是那天上语文课时，语文老师专门讲了我投稿的事，还煞有介事地把我写的作文和编辑部的复函念给同学们听，因此大家一下子都知道了。那时，对于这类事小孩子都很害羞，怕退稿被别人知道了，感觉那是很丢人现眼的事，所以严格保密。

自此以后，我天天盼着《体育报》能刊登我的作文，但结果却是杳无音讯。我终究也不知道到底是哪个环节出了问题，比如说是学校，或是《体育报》编辑部？有时甚至怀疑是那个语文老师从中作梗所致。但不管怎么样，这是我早期投稿最有可能发表的一次，并为此兴奋不已。其他的投稿经历，几乎毫无例外都是退稿或者石沉大海（这也是我常到传达室查看来信的一个原因）。

在传达室的房后，就是家属区“西院”。大约在 1980 年，学校又给我们家正式分配过一次住房，恰好就是“西院”第一排最西边的那一户，前面就是张大爷住的那个用青砖建成的传达室。传达室的东边原来是一片空旷的平地，小孩子们也经常在这里玩耍；后来上级给学校分配来一辆大卡车，就挨着传达室的东墙用红砖又建起两间更高大的车库，那片空场地几乎被全部占掉。

进来的那辆大卡车系由罗马尼亚制造，我们就称其为罗马车；当年中国因汽车紧缺，曾进过一大批这样的汽车。与一汽产的解放牌大卡车相比，罗马车的车头是扁平的，前边是一块完整的、带有弧度的大挡风玻璃，车身似乎比解放牌卡车还要长一些，为浅蓝色。我那时对汽车充满兴趣，经常跑到汽车旁边盯着看，问这问那。听父亲说，这种罗马车的性能并不好，其零部件、外壳等各个方面都比较软（即不硬实），所以看上去车身虽然很大，但实际上却不能多拉货；并且毛病多、容易坏，维修起来配件也难找。因此，各单位一般都不愿意要这种车（那时都是配给制，汽车属于统一分配的物资）。大家最喜欢解放牌大卡车（当时二汽的东风牌卡车还未投产，其他都是各地产的一些杂牌车），说它技术成熟、有劲、皮实，超载和爬坡过坎都行，万一坏了也容易找零配件，维修起来很方便；可惜却非常紧俏，很难弄到一辆。

为此，我常为中国的工业产品感到自豪，总是以欣赏的目光打量着解放牌卡车，尤其是在大街上如果遇到一辆崭新的解放牌卡车，就好像有种神奇的吸引力，让我不由自主地停下脚步仔细观赏，感到哪儿都标致、漂亮，越看越喜欢。但到了八十年代改革开放以后，我国最早开始引进日本的大卡车，有日野、三菱、五十铃等品牌，又听人说日本的汽车比中国产的好很多，解放牌卡车明显落后了。对比之下，我又感到日本的汽车不仅设计好，而且质量高，精致、美观，跑起来十分平稳，发动机的声音很细小；解放牌卡车就相形见绌，既简陋又粗糙，这才知道中国的工业制造、科学技术实际上太落伍了。

当罗马车开进学校时，那也是一件既新鲜又轰动的事，引起校园里人们的极大关注，并成为那段时间的热门话题。那个年代不仅汽车紧缺，驾驶员更是一个非常紧俏的职业，汽车分配到学校时找不到会开车的人，不少年轻的教职员工都跃跃欲试，想去当司机。最后，通过各种关系的运作以及条件的比较，学校选定两个年轻人去学习驾驭技术。一个叫马里，被选中前还是体育班正在上学的一个学生，因其父亲是名老汽车司机，所以他从小耳濡目染懂得一些驾驶知识，学校就提前招收他转行当司机；另一个叫黄强，之前是学校的会计，大高个子，人很机灵，我们家搬来时，他就跑前跑后帮了很大的忙，他也抓住这个机会成为第二个应选者。从此，我们就看到他俩整天围着那辆罗马车转来转去，深入研习、操练，且没过几个月就真的学会了，能够驾驶着那辆大卡车进进出出，大家都感到很神奇，对两人羡慕不已。

但是，学校对运载的需求实际上并不多，所以他们大部分时间的工作任务就是到煤窑为教职员工的家里拉运煤炭；那时，按照国家的规定，每个单位的职工都有烤火费，主要就是每年能够分到一吨煤炭。而当时这对每个家庭来说，无论是平时生火做饭，还是冬天生炉取暖，实际上都非常重要。罗马车的标准载重是四吨，稍有超载就跑不起来（这与解放牌汽车大不相同），所以每跑一趟正好可以给四户人家平分一车煤。每家分得多一点，少一点儿，以及煤质的好坏，都由他们两人说了算，这成了他们的重要权力。

他们经常去的煤窑有周围的清水河县、准格尔旗以及东胜市等地。但有一年暑假期间他们准备去大同拉煤，父亲听说后有兴趣跟他们一起跑一趟，而我也提出想跟着去看看。因为那一阵子，我正好从《参考消息》上看到有个外国元首来中国访问，除了在北京的例行会见之外，专门提出赴大同参观云冈石窟。据说那是非常悠久的名胜古迹，且距呼和浩特市也不远，所以对我产生了很大的吸引力。

但那个驾驶室里（我们叫车楼子）最多只能坐三个人，所以我就一个人从后边爬上车厢，站在上面观看一路走过的地方，站累了就在车厢里叠起的一摞苫布上坐一会儿。返回时由于车厢里装满了煤炭，就将苫布展开盖在上边，我可以选个低洼处坐着，实际上这里比坐在驾驶室里还舒服、通畅（那时这些大卡车里都没有空调，夏天坐在里边闷得很难受）。

那个年代的道路十分难走，经常还要盘山，一路上弯弯曲曲；有的地方道路狭窄，很容易发生堵车，一辆接着一辆，一眼看不到边。所以，跑一趟大同差不多需要耗时一整天。来回两天跑下来，我的耳朵里总是嗡嗡作响，好像始终是在路上行驶中一样；这段时间我常和同学、伙伴讲起路上的各种见闻。这是我平生第一次走出自治区的边界，并跟着大人们游览了云冈石窟，总觉得这是一次难忘的旅行。

因为那个年代汽车是紧缺资源，单位里或每家每户都有可能遇到什么事情有求于司机，所以当汽车司机特别吃香。而平时他们到处行驶，又可以到农村里捎个鸡蛋、米面什么的，确实要比其他教职员工活泛许多（那时每家的经济条件都很差，活动空间非常有限），也显得见多识广。因此，两人很快就成为学校里的大红人，举手投足之间都显得光彩夺目，到后来甚至有点指点江山的感觉了。大家都议论说：在学校里，他们是仅次于校长的“二把手”。

学校还把马里评成市教育系统的劳模或先进工作者，授予多种荣誉称号，经常看到他披红戴花，在大会上作个人先进事迹的报告。有一次他的报告我听了，当时还引起不小的轰动，从此之后他讲的一些话就成了流行语，在学校传播了好长一段时间。其中讲到汽车司机的重要性，据说在社会上流行着几句顺口溜，叫作“马达一响，黄金万两”“油门一踩，财宝进来”“四个轮子一转，给个县长不干”，等等，孩子们就经常笑着说起这几句话。而他则能放平心态，充满热情地为学校和教职员工服务；路途中本来可以通过捎人捎货等赚点外快，他却能做到“拒腐蚀，永不沾”，“永葆革命本色”，云云。但过了一段时间，也有老师开始为黄强鸣不平，说他们两个一起出车，干的活儿都一样，黄强付出的劳动甚至更多，但一个是各种荣誉加身，受表彰无数，另一个则只字不提，默默无闻，什么先进也没当过。

然而，好日子没过多久，社会上的汽车就逐渐多起来；眼看着汽车司机的紧缺性和重要性明显下降，他们身上的光彩也开始褪色。这时社会上又出现议论，说汽车在国外只是个交通工具，汽车驾驶实际上并没那么重要，是人人都会的基本生活技能，就像中国人都会骑自行车一样。再加上他们干了几年也感到当汽车司机只是个重复的简单劳动，并无多高的技术含量；日复一日，毫无长进，也是个典型的伺候人的差事，所以看起来当下去并无多少前途可言。而且，两人都足够灵活，很快就不愿再当司机了，后来一个通过关系跑到市教育局下属的某单位当上了保卫科长，以后又升迁为单位的领导；另一个则调到自治区教育厅重归财会部门，最后还当上了计财部门的处长，掌握了好几年教育系统的财务大权。

十四、简朴的向阳小学

我转学上的第四所小学叫向阳小学，就坐落在师范学校靠东边的南墙外，与家属区“南院”仅一墙之隔，有时墙壁会被孩子们掏出一个豁口，这样我们上下学就可以直接钻墙而过。但我在这所小学只上了一年多时间，正好赶上师范学校要开办中学部，并且是从初一年级开始招生，家里就把我转到院子里就读（即师范学校中学部。而这一部分的名称实际上十分混乱，在70年代曾叫过呼和浩特市第二十六中、师范学校附属中学、呼和浩特市第三十一中等，最后又都不复存在。我初中入学时叫师范学校中学部，三年后毕业时叫师范学校附属中学，又过了二年等到上高中的同学毕业时改为第三十一中学）。而那时大概是全市中学容纳不了那么多中学生，就把初中一年级的课程放在小学上（叫作“戴帽子”），所以我们班里的其他同学仍留在向阳小学继续读初中一年级课程。

我在向阳小学虽然上学的时间不长，大致是年龄长大以及我们家再未搬迁的缘故，却和这个班的一些同学保持了很长时间的联系，留下的印象也较为深刻、长久。直到2019年下半年，这届学生几乎都已退休，有个别热心的同学仍念念不忘这段少年岁月，就发起组织了一次小学同学的聚会。我因在异地未能参加，同学们就把聚会的拍照发给我，我居然还能辨认出其中约三分之一的面孔。

当年我主要经历了两任班主任老师。一个叫张春兰，年龄大约有 30 多岁，高挑的个子，嘴巴有点大，且笑口常开。当时她已积累了一定的教学经验，年轻又带班有方，所以凝聚力很强，给大家留下了极深的印象。并且，那时张老师的确是向阳小学很有名望的一位园丁，附近的许多孩子都知道她。

另一位叫刘清源，当年正是父亲他们新招的那一批师范学校的学生，因家庭生活困难，他提前一年毕业，被分配到向阳小学的第一项工作就是接任我们的班主任。当年他只有 20 岁左右，中文专业，五官端正，英俊帅气。他特别喜欢文学，上课时经常给我们讲许多古书上的历史故事，绘声绘色；同学们则像听评书一样，个个聚精会神，津津有味。后来我受到他的许

向阳小学的校门

多影响，自觉不自觉地萌生了对文学的爱好，也开始喜欢写作文。我转到师范学校中学部之后，有时还到向阳小学去看他。那时候他单身一人住在一排平房当中最靠边的一间小办公室里，晚上就在灯光下看书写作。后来有一次相见时，他至少已有两篇短篇小说在一本叫作《呼和浩特市文艺》（即后来的文学杂志《山丹》）上发表，我专门借回家仔细拜读。记得把杂志还回去的那天晚上，我们俩聊了很久。等我走的时候发现校园的铁栅栏大门紧锁，而一时却找不到那个门卫老头儿，刘老师就看着我爬上铁栅栏翻过去，两人一里一外打声招呼就走了。夜间天气已冷，我穿的单件衬衣难挡风寒，就紧缩脖子加快脚步往师范学校走去。

从那以后过了两三年，我们听说他调到内蒙古电台当记者了，经常还能在收音机里收听到他采写的通讯报道（那时因为电视尚未发展起来，电台的记者应当比电视台的影响更大）。大家很是惊奇和羡慕，以后我们几个男同学相约，骑着自行车专门去新华广场西北方向（新华大街北侧）的电台大楼看过他；他们的办公室不大，贴墙摆放着桌子，上边堆满了稿件和报纸什么的。那时很少有人能在楼房里办公，何况当年广播电台的那栋尖顶大楼建起来时曾引人瞩目，在当地也算一个标志性建筑，所以看过以后我们对刘老师更是钦佩有加。

内蒙古广播电台

这都是 45 年前的陈年旧事，不提起来早已忘记。那次聚会张春兰老师没有来，主要是因为年事已高，行动不便了。另外，她对我们这个班的学生好像也并无多少印象。原因是她在向阳小学带过好几个班级，我们这个班在其中并不是主要的，自然记不起什么。我听了以后多少感到有些失望和遗憾，因为她原本长得高大、漂亮、爱笑，又热情洋溢，所以同学们对她十分喜欢，她给大家留下太多太深的美好记忆。每当同学们有机会见面时，都会说起她，而且以为她也记得我们这些学生。

刘清源老师相对年轻，我们班又是他当班主任唯一带过的班级，所以他对我们印象深刻，对同学们的倡议积极响应。但相见时大家都感到很陌生，不约而同地说如果走在大街上迎面相遇，实际上谁也不认识谁。他们问起刘老师对当年的学生还能记得哪几个？刘老师实在也记不起谁来了，只是说对我和另一个叫樊建中的同学有印象。当有同学把这个消息传递给我时，我想了一下笑笑说：两个（最）捣蛋鬼！

由此可见，留在小学老师记忆深处的学生，并不是那些学习好或红极一时的班干部，更不是那些安安静静、循规蹈矩的同学，而是那些经常管不住自己、变着法子到处捣乱并常挨批评的同学。尤其是我，实际上只是这个班的匆匆过客，足以说明那时我捣乱得真够可以。

但刘老师依然保持了他那热情豪爽和才华横溢的特点，飘逸优美、字体流畅地写下了一段充满诗情画意的钢笔字。

致敬——
我们转瞬即逝的
童真、童趣、童年
我已能摸到
你那飞速流动的血脉
和那激烈跳动的心房
不知从何说起的千言万语
握住你的双手
热泪早已成行
珍惜吧
这尿泥铸成的永久情谊
携起手
向着璀璨的夕阳

在向阳小学上学的一年多时间里，除了教学逐步走向正规之外，还有几件小事给我留下一些记忆。一是我代表学校到市人民体育场参加小学生田径运动会，进行了急行跳远和60米短跑两个项目的比赛。二是代表学校参加区里组织的小学生篮球比赛，其中有一场还与新华小学对垒，虽然那时我对打篮球懵懵懂懂，但在同学当中还算打得好的，可以传球、带球、投篮。三是有一次上美术课时，美术老师走到课堂中观看同学们做练习，他一声不响地在我的后边停留了一会儿，发现我注意到他时，就上前一步略带惊讶地小声问：这是你画的？我说是啊。从此他大概是发现在这个班里我比其他同学画得好，所以每次上美术课时，就特别关注我画的画。不久他便来找我说，学校准备在宣传栏搞一次学生的画展，约我画两张参展。我就用心地临摹了样板戏中李玉和、杨子荣的形象，一个提着红灯，另一个手握匣子枪。后来我的画真的在宣传栏的玻璃窗中展示出来，为此我有点小激动，有事没事就悄悄地溜过去看看；其他同学看到了就接连跑来告诉我，并纷纷投以羡慕的眼光，我颇感欣慰、得意。那一阵子还激发了我画画的热情，很爱上美术课，并经常在家里专心致志地在白纸上画到深夜。上中学以后我还跟院子里的几个伙伴跑到火车站候车室画过素描，引来不少候车旅客的围观。但我终究没有画画的才能，热闹过一段时间之后就丢在一边了。四是有一次学校在操场上集会，校长给大家传达了一个中央文件，特意告诉大家美国总统尼克松要到中国来访问，这是中国外交政策的重大胜利；以前每天写标语口号都是骂美帝国主义，说美帝是纸老虎，亡我之心不死，我们要打败美帝野心狼，以后就要适当地做一些调整。说实在的，当时我们对这些国家大事懂得不多，只是感到好生奇怪。五是铁道北离北边的大青山较近，在无建筑物遮挡之处，抬头就可以看到山峦起伏的轮廓。但那时因交通条件所限，我们却很少有机会上山去，所以心里总是有种神秘、好奇的向往。有一次周日（那时每周只休息一天），我们七八个男同学约好去上山。这些同学都住在向阳小学的周围，有财校（即后来的内蒙古财经大学）、制锁公司、橡胶厂、轻工科研所、木材厂、运输公司等不同地点（向阳小学、师范中学部的中小学生，家里大部分也住在这些地方），相约集中在师范学校最北端的一个地点，一大早就向北进发。那上山的路，看上去不远，走起来却不近；并且，好像越走越远，不断延长，眼看着走到山脚下了，实际上路仍然还很长，让人感觉越来越费劲。不过，若回过头再看走过的路，却发现我们已在不知不觉中不断地升高，并把整座城市尽收眼底。最后，我们终于走到山下，开始爬山。大家很兴奋，并决心爬到最高峰；但爬着爬着才发现，那山实际上是一座接着一座，真正印证了一句俗语："这山望着那山高"，所以没过多久大家便开始失去信心，也感到腿脚发软，有点爬不动了，就只好中途折返。那时的山是光秃秃的，几乎看不到树木，只是在山沟的低洼处长着一些灌木和杂草，我们也摘到少许山果。回来的路途更觉遥远、艰难，心里开始发慌，双腿打颤，身体一摇一晃，直到下午两三点钟才勉强回到家里。岁月飞逝，长大以后我才逐步想明白：原来那是因为我们中午未吃饭，也没有水喝，所以实际上主要是饿得发虚。

需要顺便提一句：四十多年过去，我逐渐发现呼和浩特市北边的大青山绿了许多，不少山峦甚至绿树成荫，远远望去有点华山的味道。我感到很神奇，就与别人探询其中的原委。他们大致认为是由两个因素所造成：一是自长江三峡工程在南边建成之后，正北方的气候条件发生明显改变，暖湿气流增多；二是大量、持续的绿化工程开始见效。不过，我推测应当是随着机械化水平的提高及水利工程的大幅改进，使浇灌能够上山所致。因为过去我在内蒙古工作时，每年机关都组织干部到大青山上植树造林，但那时浇水却十分困难，一般都是用汽车拉、水桶提，植树时在树苗下的树坑里浇上半桶，然后基本上再无人问津。这样很难保证植树的成活率，所以那时种的树实在无法长大成林。

向阳小学同学，爬山主力

我好玩、调皮的天性依然如故。印象最深的是有一阵子学校里流行打乒乓球，几乎每个班级都在教室前自建了一个水泥球台。我们班的那个是由一位家长花了一天的工夫才建好的，张春兰老师笑着向他表示感谢。那位同学的家长应当是专做泥瓦工的，所以他砌球台的动作很专业，球台的水泥面抹得很平。因此，那一阵子我们对这个同学很是羡慕。从此，下课之后，同学们就排队挤着打乒乓球。

但条件毕竟太差，没有球网就摆一排砖头替代，大部分同学拿的球拍都是两毛五分钱买来的“生板”（即没有胶皮），过了一段时间大家的兴趣就不大了，原来习惯玩什么又开始回归原样。另外，加上露天的球台疏于管理，日晒雨淋，很快就有被砸坏的地方。再后来干脆就没人打了，球台变成了男孩子的擂台，一部分站在台子上把守，另一部分往上攻打。最后我成了最厉害的擂主，哪一方有我往上攻打时就能轻而易举地攻上去；而有我在台上据守时，另一方就很难攻打上来。也经常比赛摔跤、“撞拐拐”、“骑马打仗”等，我仍然无人能敌，最后一般都得有三四个同学和我一个人对垒。

我在向阳小学的那段时间，还发生了一件轰动全国的大事，那就是北京海淀区中关村小学有个叫黄帅的女学生，她用写日记的形式抵抗班主任对她的批评、打压，日记在《北京日报》《人民日报》等刊登出来以后，曾非常轰动，一夜之间成为批判“师道尊严”的“反潮流典型”；当老师把她的日记在班里念给同学们听时，我们感到那日记写得好极了，对她既同情又羡慕。

但那个年代的奇葩事很多，“黄帅”事件发生没多久，又搞出来一个“张铁生交白卷”的事件。那段时间报纸和广播里整天进行连篇累牍的报道，街谈巷议，热闹非常，张铁生成为家喻户晓的反潮流英雄，全国群众被号召学习他的英雄事迹。现在看来，那简直不可思议，考场答不上试题反倒理直气壮地成为被树立的典型，要人们学习这种反潮流的大无畏精神。

我坐在后排，经常不遵守课堂纪律，有时和几个同学在外边玩耍，上课铃声响起也没回到教室，还从教室的后门溜进溜出。因此，我经常会被老师批评。有一次事情闹得有点大，一个女代课老师还直接去我家进行家访，害得我躲在外面好长时间不敢回家。

总之，在向阳小学的一年多是我最调皮、捣乱的一段时间，学习也不用心，经常有种出风头的冲动，没多久便在老师和同学中形成坏学生的印象。父亲抓住机会把我转学到师范学校中学部，也有让我换个环境改变形象的想法。他说，向阳小学和师范学校的许多老师、家长都住在一个院子里，如果我上学表现不好，那么他也感到很不光彩。加之随着年龄增大，也开始懂事，所以我升初中之后就努力控制、管束自己，学好学生的样子，上课时不交头接耳，不做小动作，集中精力注意听讲；也不随便迟到早退，遇到小组值日时就一大早跑去打扫卫生，想办法多做些好人好事；按时完成作业，主动举手回答问题，尽量积极表现自己。我这样做了以后，开始感到憋得难受，但慢慢地效果就反映出来了。我摇身一变成为班里的好学生，不久就加入了红卫兵，还当上宣传委员。这个消息很快就传到向阳小学原来的班里，成了老师经常提起的一个典型或案例，用来讲给那些仍然调皮捣乱、不思进取的坏学生听，意在让他们早点醒悟，迷途知返。我也不知道是把我当一个反面教材还是正面典型，但我的确变化很大，让熟悉我的人都有些不敢相信，说我简直像换了一个人一样。我听到这些说法，心里还是有些暗自得意。

十五、师范大院的变迁

家属院的每家每户一般都有三四个孩子，有男有女，有大有小，大的和大的玩，小的和小的玩，一拨一拨的，所以院子里十分热闹，到处都是小孩们玩耍的身影。大人们在家里做好饭时，孩子们却经常玩得忘了回家，所以家长就得走出家门到院里来寻找，孩子们听到了就会相互传递，一般很快便可找到这家的小孩儿，告诉说："你妈叫你回家吃饭。"

三虎家有三个孩子，两个姐姐和一个弟弟，但起名不分男女，叫大虎、二虎、三虎，所以父母叫他们回家吃饭时就习惯性地先喊："大——虎！"看看有无答应，若没有就接着喊："二——虎！"若还是无人反应，最后再喊："三——虎！"时间久了，孩子们知道他们家喊话的习惯，这时有人就会跟着齐声回应："铜——壶、铝——壶、烂——铁——壶！"40多年以后，他妈妈在西安说起这一段，都感到很有趣。我们共同认为，那个年代家里虽然很贫穷，生活条件十分艰苦，但每家相差不多，人与人之间的关系十分平等，也相对简单，所以互相都很熟悉，很亲切，很热心，像田园牧歌一般给人留下记忆深刻的美好印象。

不过，那时的男孩子和女孩子互不往来，彼此之间甚至连句话都不说，无论是在班级里还是在家属院，都如此。男女同学之间说句话都感到很害羞，脸臊得发红；若迎面相遇，虽然心里都知道是同学，但也不打招呼，只是腼腆地相互瞅一眼，赶快低下头匆匆走过。也不知说什么，其他同学看到了男女彼此说话，还会取笑他们。

男女玩的游戏也不一样。女的一般是跳皮筋、跳方格、抛骼砬、扔沙包、捉迷藏、踢毽子、玩“逮的”等。男的玩的项目要多一些、野一些，活动范围也更大。

跳皮筋

但相比较而言，旧城大召前街的孩子最会玩，有传统、成体系、种类多、应时应季。因为我们家几次搬迁，我在不同地方学会的玩法也多，自然属于见多识广；所以，我们家的搬来，也给师范院里的孩子们带来许多新玩法，包括“弹珠珠”“扇三角”“背杏核儿”，用自行车旧链条做火柴枪，逮蛐蛐斗蛐蛐，扎风筝放风筝，以及在姑子板流行的独轮冰车等。很快在我的身边就聚集了一大群孩子，多的时候有十几个，有时还在我吃晚饭时就聚拢在我们家的窗户前，一边嬉闹，一边等着我吃完饭带他们去玩。

我也给每个人做风筝，在大操场上比谁的风筝放得高；有一次家住财校家属院的同学樊建中来找我玩，我就新做了一个送给他，带着他一起放飞（在当时那属于很慷慨的行为了）。以后在东边财校家属院一带，就看到天空中飞起来许多与我做的式样相同的风筝。樊建中跟我说：自从他把风筝带回去放飞之后，“财校”的孩子们看到他的风筝飞得高、飞得好，就纷纷跑来模仿制作。

我赢的玻璃珠（珠珠）最多，以至经常会把一个玻璃罐头瓶装满。我再分发给各个小朋友，反正这些珠珠也都是从他们手里赢过来的。我还教他们摔跤、钉冰车、糊蛐蛐盒、斗蛐蛐等。

不过，在这一带逮蛐蛐并不方便，主要是城北较为干旱，蛐蛐极为稀少。所以，院里的孩子们几乎无蛐蛐可逮，大多数也不怎么会逮。逮蛐蛐斗蛐蛐基本上是我们家搬来之后由我带起来的。

我经常去逮蛐蛐的地方，是沿着呼包公路向北大约走到

“二公里”（即里程碑）的一片农田，那里种着小麦、玉米、黍子等庄稼，还有小片的草丛、小树林；听到哪里传出蛐蛐的叫声，我就把自行车停在路基边上，锁好，独自一人小心翼翼地走过去；周围一片寂静，甚至给人一种压迫感。一般去一次最多只能逮两三只，很多时候则是空手而归。并且，一个人总感到提心吊胆，一是怕有人趁我逮蛐蛐时偷走我家的自行车，二是怕被老乡看到踩人家的田埂、庄稼地来找麻烦。以后有几次带着三虎去逮，由他站在马路边不远的地方两头照应着，我就感觉踏实多了，敢往更远更深处走。有时还采黍田里的糜子吃，外面是薄薄的一层白皮，里边却是黑瓤，有股庄稼发甜的香味；吃完以后嘴里都变成黑乎乎的，像喝了一口墨汁。40多年过去了，三虎还记得这些往事，见面时经常提起来，感到小时候跟着我很有意思。另外，他还记得我们家做的油炸糕特别好吃，尤其是再蘸点用胡萝卜熬制的糖稀，更是香甜可口。

前边提到的“二公里”，那里虽然什么建筑物也没有，但当年却是我们经常去的一个重要地方，或者说极具标志性。人们经常会提到“二公里”。比如，冬天学生们练长跑，跑出校园后向北最远就跑到“二公里”处，然后折返跑回学校。有人骑着自行车北出校门走一趟，一般也是到“二公里”就返回，不敢再往远骑。“二公里”再往北，明显变得寂寥、空荡，行人稀少，更无车辆往来。对小孩子来说，如果能到“二公里”，会被认为是很了不起的事，也颇感自豪。去一趟，经常会挂在嘴上说好几天。为什么会是这样？现在想来那实际上是受当时交通条件所限（自行车在城外不敢骑得太远，轮胎经常坏掉、泄气），在距离和时间上（包括吃饭），大致到了人们活动半径的极限，超出这个范围就感到陌生和害怕，来回的时间也难以把握。

呼和浩特市城南的蛐蛐又多又好抓，每到夏秋季节蛐蛐生长出来时，我仍会去旧城养鱼场一带逮蛐蛐，顺便找建建、韦韦他们玩。有一次从大召前街返回时已到黄昏时分，我年少气盛，也有点心血来潮，就决定沿着马路走回公主府的家里。旧城的大街上很热闹，路边到处都拉起电线吊着灯泡，摆摊叫卖各种瓜果等。大街上熙熙攘攘，摩肩接踵，有种浓厚的生活气息。虽然我十分喜欢这种场景，这也是吸引我从这里步行走过的原因，但距离也实在太遥远了，最后走得又饿又渴，双腿微颤，直到九点多钟才艰难地回到家里。从此体会到：即使体力最充沛的少年，走路也有极限，超过之后都难以承受。

还有一次是我独自骑着自行车一直向南，经过南茶坊，超出养鱼场东西方向的平行线，大约走到小黑河或者大黑河（那时是很远的地方，极少有小孩能到这里来），看到河床上绿草如茵，有许多大人在那里逮蛐蛐，我就停下来将自行车放在路基上，顺着河堤走下去；烈日当空，晒得我的头顶、肩膀热乎乎的，河床则低洼、潮湿，有股凉意。草丛中蛐蛐很多，鸣叫声此起彼伏，随处都可以弯腰去逮，我很亢奋，一下午逮了有二三十只；用衣袖把两边的口扎好搭在车把上小心翼翼地带回家，倒进一个搪瓷脸盆中，接着叫院里的小朋友们来挑选。然而，这里的蛐蛐虽然多，个头却不大，相互之间咬架还可以，斗的时间也长，但跟大个头的蛐蛐斗就明显不济。

蛐蛐有明显的地域分布特点，每个地方的都不大一样。在呼和浩特市最有名的一句话叫作“哈拉沁的蛐蛐乌素图的杏”，说的就是这两个地方，蛐蛐厉害杏好吃。但遗憾的是：我虽然那么酷爱逮蛐蛐斗蛐蛐，却从未找到过哈拉沁逮蛐蛐的地方，自然也没有名正言顺地斗过哈拉沁的蛐蛐。就是乌素图的杏，虽然那里距公主府师范学校不远，但我也未曾搞清楚乌素图的杏到底是什么样的，味道如何。

记得还是住在姑子板的时候，有一年在暑假期间，父亲为了满足我到哈拉沁逮蛐蛐的愿望，曾专门借来一个打气筒绑在自行车的大梁上，还准备了补胎用的胶水、木锉等工具，骑着自行车带我去过一次，为此我提前兴奋了好几天。但打听、寻找了半天，一直走到山脚下，也未听到有蛐蛐的鸣叫声，最后只好失望而归。这是我最接近逮住哈拉沁蛐蛐的一次经历。

那年头，自行车轮胎分为内外胎，经常会被钉子什么的坚硬物扎破，个别的情况还会爆胎，所以总是需要自己动手补胎。具体程序是：先把内外胎从轮毂上卸下来，再用打气筒把内胎充满气，使其鼓胀起来，然后把它摁进旁边的一个盛有半盆水的洗脸盆里，一节一节地检查哪里漏气，直到某一处冒出一连串小气泡，就等于找到了漏气的小孔；接着用木锉把漏气小孔的周围锉干净，再找来一段旧内胎，用剪子铰下一块大小合适的胶皮，剪成圆形或者椭圆形，也用同样的方法锉干净，并鼓起腮帮吹掉上边的灰尘，把胶水均匀地涂抹在两边锉干净的胶皮上，稍微晾干后就将其粘上去并使劲压实；内胎补好后还要重新将其打满气，再把补好的地方摁到水里用力挤压，看是否漏气，据此检查补好与否。那时的男人们几乎都会干这件事，父亲最会补；当然，如果像我们这样走到野外，自然没有洗脸盆、水之类的东西，那么这时就只能用手一节一节地去摸，以找出内胎被扎破漏气的地方。

师范家属院里的小朋友

总之，那一阵子由于我们家的搬来，激活了师范家属院里孩子们玩耍的热情，我把年龄相仿的孩子们大部分都动员起来参与其中，所以经常成群结队，玩得热火朝天，兴高采烈。但有的家长不愿意了，说我整天领着小孩子到处玩耍，经常不着家，这样下去会影响孩子们的学习。这些意见传到父亲的耳朵里，他也感到是个问题，对我玩耍的态度也发生了改变。以前他的观点是：小孩子会玩就好，现在却说你都长这么大了，也不能整天尽玩吧。的确，随着我们年龄渐大，开始懂事，那以后玩耍的兴趣也就明显消退下来。

几十年过去，那时一起玩耍长大、各奔东西、成家立业并尘埃落定的小伙伴，有机会见面时便会共同回忆起这段时光，大家都感到十分美好、难忘，也都说：那时虽然生活条件艰苦，玩的东西十分简易，但感情却很真挚、很快乐。他们都说我最会玩，干什么事情总是技高一筹；现在看起来实际上是我更善于思考，更愿意创新，也有更强的动手能力。还有的说：怪不得学军哥能当领导呢，那时就是孩子王，表现出很强的组织协调能力。

师范学校的最北边是一个东西方向的大操场，400 米跑道；紧靠操场的南边有一排篮球场，从西到东排列，足有五六个球场之多。篮球场的南边是一排排平房，靠东边是教室区，房子又高又大；靠西边的低矮一些，主要是学生宿舍和其他教学用房。我在师范学校中学部上学时，我们班就在最后一排教室的最西边，教室的后边就是那排篮球场的最东边；我在这个教室一直上到初中毕业，始终未换过其他地方。所以，我们课间打篮球特别方便，我也曾进过学校组织的篮球队（在不同阶段，还进过足球队、排球队，但时间都很短）。大操场的正北属于蒙专（全称为呼和浩特市蒙语专科学校，现改为呼和浩特民族学院）的地界。早期两个学校仅由一排高大的穿天杨划分，有的时候也拉起过一道铁丝网，后来才沿着那排笔直的穿天杨建起一堵长长的砖墙。

我在向阳小学上学时，班里有个蒙古族同学就住在蒙专的家属区，有好几次他带着我去他家玩；那也是一排排平房，空间比师范学校家属区大一些。那时这一带非常空旷，到处都是树木、草丛和庄稼，基本上没有专门开辟的道路，所以他们上下学就在树林、草丛等的野路上穿行。沿途弯弯曲曲，上坡过坎，几乎看不到行人；土地很干燥，但十分洁净、寂寥。每年秋冬季节，树叶开始发黄、掉落，我们就拿着扫把、麻袋在这一带扫落叶，背回家在窗户前晒干，冬天可作为生火做饭（包括生炉子）的引柴。

后来在大操场与篮球场之间的那条空地上建起一个坐南朝北的主席台，旁边还有单双杠、爬梯、秋千、吊环等体育器材，我们经常到这里玩这些器材、跳远、跑步等，进行各种体育锻炼。每年冬天学校还会在大操场的东边或西边的空地上专门放水冻出一块冰场，孩子们通过家长可以从体育教研室借一双冰鞋滑冰玩，大孩子也有打冰球的。这样，我带来的独轮冰车几乎没派上用场，自然也未能流行起来。因为滑冰比冰车又快又灵活，独轮冰车就显得又笨拙又落伍。有时寂寞无聊时我常独自一人来大操场闲转，望着皎洁的月光、辨识天空中的北斗星，细品也感到别有一番风味。有时也会碰上其他小朋友，我们就站在操场上聊天，经常聊得很晚，很兴奋。

大操场的东边就是过去的鱼湖、林场等，这里曾有一座自然形成的土山，孤峰矗立；后来学校还在上面建有一个小气象站，小风车被风吹着，在杆子上欢快地转个不停，可以直接为内蒙古气象台报送天气预测数值。这个小气象站是地理老师最重要的教学实验基地。并且，在山上还可近赏湖鱼、远观城景，成为八景当中的所谓“孤峰叠翠”。

后来因为自来水断流，就把山丘、鱼湖等推平，开发成大片的农田，种上小麦、玉米、黍子、高粱等。靠南边并临近教室的地方则种着大片的蔬菜，主要有豆角、茄子、黄瓜、辣椒、西红柿、大白菜等。

在教室东侧与菜田之间还有一个土坯建成的四方院，人们都叫作农场，专门用来管理和耕种这片农田。四方院里有住房、仓库、马棚等设施，学校那辆三套马的大车就停放在里边。从各个方面来看，这里都像一个典型的农村生产队所在地，空气中也弥漫着一股浓浓的泥土和牲畜粪便混合的味道。但自从学校那辆罗马车开起来之后，农场的这辆马车就逐渐失去其昔日的风采，停在四方院里很少出动，并且很快就开始变得陈旧不堪。

校办工厂停办之后，父亲也曾管过一段这个农场，为此他颇感自豪地认为：自己虽然是一介教员，但却管过工厂和农场；在伊旗中学的学军热潮中，还从旗里武装部领来十几支步枪，带领学生训练打靶。所以，实际上他等于工农兵都干过。那段

昔日的钟楼旧照

时间，我们经常跑到农场来玩，在菜地里摘黄瓜和西红柿吃，很有味道，长久难忘，以至后来总是觉得我们现在吃的这些东西没什么味道。

至此，我已分别介绍了“校园八景”中的七景，最后需要补充的仅剩一景，那就是前边提到的“破晓钟声”。之所以把它放在最后提及，是因为我们家搬来时这一景早已拆除，所以事实上我从未见过。只是听父亲和师范的老人经常提起，才略知一二。那原来是一个由青砖砌成的六棱形钟楼，从下到上逐渐收窄，比教室还要高一大截子，上边建一个方形尖顶的小亭子，亭中挂一口由生铁铸成的大钟；而在小亭子尖顶上，伸向空中的一根短杆上还塑有一颗红五星。当年没有电铃，上下课就以敲钟为准。并且，那敲击的钟声还很有讲究，叫作“一上二下三开饭，紧急集合如捣蒜”，即“当——，当——，当——”的声音为上课的钟声，“当当——，当当——，当当——”为下课声，“当当当——，当当当——，当当当——”就是开饭的声音了；如果遇有紧急集合，敲钟的声音就变为“当当当当……”连续不停地敲打下去，显得相当急促。但一般情况下，最后一种钟声很少听到。

那口大钟保留了很长时间

大操场的西边就是大食堂后边的林圃，但后来也有不少地方开发出小块菜田，那个保存完好的白塔在桃树柳树的怀抱中清晰可见。我学画画时曾在寂静无人的中午，悄声无息地几次跑来写生，其中有一张还画得较为传神，在画夹里保存了很久。

不过，我们在这里上中学不久，便看到从高大的西校墙上挖开一个很大的豁口，又用碎石子铺设出一条便道，开进来各种施工设备，没过几天就把那片林圃全部铲掉，那个完好的白塔也被爆破拆除（为此，学校里有许多人感到很可惜。后来，那个负责施工、指挥拆除白塔的老师，年龄不大就患了一种很怪的癌症去世了，据说很悲惨，不少人唏嘘并猜疑这与他当年拆除白塔有关）。从此以后这里就变成了工地，不断有施工车辆进出，拉来砖石水泥等各种建材，架起大吊车，搭起脚手架，很快就建起一栋四层楼的教学大厦。建大厦的同时就要配备暖气设施，于是在那个小花园东面的小锅炉房北侧、原音乐教室的南边，又建起一座专门用于供暖的大锅炉房，一根笔直的红砖烟囱直插云霄。1977 年冬季，我曾在这里烧过半年（烤火季）锅炉，为整栋楼房供暖。我一边工作一边复习，于次年考取了大学。

再以后，由于这个学校既有师范又有中学（师范又分为普师和师专），也许总有不易统筹的地方，校方就将其分设，俗称“分家”。于是，就沿那个小花园南侧原来主席台的位置垒起一堵高大的砖墙，从西到东一直延伸到东边林场的尽头，足有 500 米长，黑压压、冷冰冰的，总感觉就像当年东西德之间的柏林墙似的；从此彻底将校园一分为二，北边为师范，南边为中学（这时已改为三十一中）。小花园的那口自来水井早已干枯，现在又将那三棵大榆树、五株红杏树等大小树木全部毁掉，并在砖墙南边原来的小操场上又建起一栋中学的教学楼，与西院家属区的砖瓦房紧挨着，摩肩接踵，感到拥挤、蹩脚。至此，原来师范学校的美好景致已被彻底破坏，“八大景”自然灰飞烟灭，不复存在，变成满目疮痍，脏乱不堪。

后边的大操场也不能共用了，于是划在前边的三十一中又把最东边的大片树木统统砍掉，再开进来推土机、压路机等设备推平碾实，新开发出一个 400 米跑道的大操场，同时还在操场的西边又建了几个篮球场。但中学建起来没过多久，大楼及操场等未使用几年，就说这个中学不办了，要将其整体搬迁，并把这片校舍再全部划归师范学校，于是南北校区又重新合并起来。折腾得无与伦比，着实令人哭笑不得。

与此同时，北边的师范学校也几经变迁，开始有师范、师专两个部分，后又将一所职业学校合并进来，故名称也几经变更，最后叫作呼和浩特市教育学院。随着学校的分分合合，教职员工也跟着划来划去，有调走的，也有新调来的。原来的家属房自然不够用了，就在校园里到处找空地建家属楼，不停地拆建，几乎每年都挖来挖去。

几年以后，原来师范学校的风貌被彻底破坏，整个校园毫无整体规划可言，甚至难觅原来的一点痕迹。直到后来审查发现，原来在 21 世纪前十年大兴土木的校长、书记，实际上是两个腐败分子，在工程中贪墨了不少钱财，所以最后均锒铛入狱。

不过，幸好后来上级把前边那片公主府院落独自划开，并专门建起一堵围墙保护起来，以后又作为历史文物开发成为旅游景点，即现在的清·固伦恪靖公主府，古建筑公主府才幸免于难。不然的话，也真不知道公主府会被糟蹋成什么样呢。

关于这个公主府的名称，经常会出现和硕恪靖公主府和固伦恪靖公主府两个不同的称谓。经查，原来“和硕”和“固伦”均为满族语，前者为“一方”或引申为“旗”的意思，后者为“国家”或“天下”的意思，即两个词反映了级别或等级的不同。和硕恪靖公主的一生曾先后三次受封，在康熙时期被封过“和硕公主”和“恪靖公主”；在雍正元年又被赐金册，晋封为“固伦恪靖公主”，属于最高级别的公主。因此，叫这两个名称大概都可以。

清 · 固伦恪靖公主府

经历了校园的这些变迁史，眼见得一个原本规划合理、景色秀丽、功能完备、气象万千、赏心悦目的环境被搞得乱七八糟、支离破碎、面目全非，毫无美感可言。触景生情，我常在思考一个问题：解放以后，我们的确把许多美好的旧建筑、旧园区、旧规划等毫无顾忌地破坏掉，常常使人扼腕叹息；而新建出来的东西往往因缺乏整体规划和长远考虑，又显得突兀、混乱，非驴非马，杂乱无章，不相协调。以老北京城古建筑未能完整保存下来为典型，此种现象极为普遍，是传统的农民意识在作祟吗？还是公有制条件下形成的必然现象？这常常令人百思不得其解。

十六、最后的补记

时光荏苒，似水流年，2018 年我已届花甲之年。常听别人讲：人老的时候最爱回忆。看来的确如此，我也常想起童年、少年时期的往事，感到既珍贵，又清晰。总体来看，那是一个贫穷、艰辛、苦涩的年代，同时在记忆中又觉得特别快乐、单纯、美好。也许这就是那个年代留给人们的特有印迹，也许更是少年岁月自有的特征。于是，我提起笔来，任回忆的思绪尽情地奔腾，想尽可能详实地加以记录，也力求能够反映出这座塞外名城在这个时期的一些发展与变迁。但似乎总是言犹未尽，特对以后发生的一些事情稍作补充：

旧城大召前街 11 号院是我童年最初记忆的地方，并且这个院子一直保存了很久，在不同阶段我常回去探望。但后来，随着我一次次的到访，感到院子里的熟人越来越少，越来越陌生，人情也越来越冷淡，所以去的次数也就越来越少了。1978 年我上大学之后，利用寒假又回去一次，突出的印象是院子没我记忆中的那么大，花草也不种了，各家门前还搭建了一些附属物，显得凌乱、破败；到处都是裸露的土地，好像空气也干燥了不少。总体来看，并不如我记忆中的那么美好。大部分的住户已不认识我，好在河河他们一家始终还在，我主要就到他们家看看。

那时河河的年纪已经不小，他们家里专门从乡下为他娶回了一个农村媳妇；但结婚实在没有房子住，他们就在院子东墙边上原来搭鸡棚的地方（紧挨陈老师那间房的侧面），用砖头土坯单独建起了一间小房子，木头门窗，红瓦房顶，在院子里显得很醒目（其他都是青砖瓦旧房）。东房面西，正对着院子的大门；进屋就是一盘后炕，屋子中间生一个小火炉。看起来家里不常做饭，灶台前的木柴和煤炭许久未动过，落上一层灰尘，冷灶冷炕。那天河河和媳妇不在家，好像正好是陪着她回娘家去了，建建和韦韦就领着我来看这个小房子并坐下来叙旧，他们见我盯着灶台看，就解释说：河河两口子还与他们在一口锅里吃饭。他们对我能考取到北京上大学，似乎并不感到惊讶和羡慕，已有点暮气沉沉，好像对什么事都提不起兴趣的样子。没说几句话，韦韦有事先走了，建建就斜眼睇着北边正房何大夫家的方向，跟我讲起了他们家与何大夫家因为盖这间房子而引发的严重冲突。

不可调和的矛盾在于：河河结婚迫不得已要在院子里建房子，何大夫一家对此实在难以忍受，非出面干涉不可，于是就出现了火星撞地球的局面，并差点动手打起架来。建建也斜着眼睛，仍恨恨地说："我看他们动手试试，非打残他们一两个不可！"听到这些情况，我感到很吃惊，也颇为难过，因为过去这两家人一直相处得不错，没想到现在竟闹到了这种势不两立的地步。本来也想去看平文的，但现在肯定不能找了，就只好扫兴而归。

回到家里我把这些情况告诉了父母。母亲说：11 号这个院子在旧社会本来就是何大夫家的，但河河一家就喜欢养个鸡啊兔的，过去何大夫家为此就很不高兴；但解放后房产没收了，他们也管不着，所以干生气没办法。现在如果在院子里盖房子，离何大夫家又这么近，那么他们肯定接受不了，两家人闹意见也是必然的。

那时建建已经工作，在通道街北边靠近京包铁路线的那个粮食加工厂当工人，日常工作就是扛着 200 斤的粮食麻袋包往粮仓中装卸粮食，干一天挺累的。他看上去苍老了许多，额头上已展现出一条条很深的皱纹，时不时一脸苦笑，显得无精打采。我看到眼里，经常感到既熟悉又陌生，有种恍惚、怪异的感觉。没有了儿时的玩兴，也缺少了青春的乐趣，一切都变得那样沉闷、苦涩、悲凉。

他们的父亲早已去世（小时候我就常听院里的人讲他身体不好，有肝炎，所以脸总是黢黑黢黑的），母亲一个人支撑着全家的日常运转，既做小生意，又操持家务，家里明显表现出衰落、困顿的气氛，这与我童年时期对他们家形成的那种既快乐又充满生机活力的印象相比，反差实在太大了。每次看到我时，郭姨虽然尽可能表现出高兴和热情，但笑容中却常隐含着一丝无奈和忧愁，并且看上去也衰老了许多。这一次她做生意还未回来，我与建建告辞之后就打算在返回的路上顺便去大北街看看她。

自 1978 年改革开放以来，国家放开搞活的政策使个体经商办企业的现象大量涌现。原先那些公私合营的旧商场普遍出现经营困境，店员们纷纷下岗，走上街头开始摆摊设点做生意。

数九寒天，北风凛冽。在大北街上沿路摆着许多卖货摊位，一眼望不到边，这的确是改革开放以后城市出现的新景观。据传，早期下海经商的人大多发了财，产生了不少风光一时的所谓“万元户”，但后来随着摆摊做买卖的人越来越多，挣钱也就越来越难。我挨着摊位寻找郭姨，看上去生意的确很清淡，站在那里卖货的人似乎比买货的还多。我正发愁在这么多杂乱的货摊中，怎么才能找到郭姨时，却不期然在人群中正好看见了她那张熟悉的面孔，并且她也同时看到了我。郭姨自然感到很意外，露出笑容和我打招呼。我告诉她，我刚从旧院过来，是专门来看她的。

大概是天气太冷的缘故，她的头上紧紧地扎着一块灰色的厚围巾，前边只露出一张小小的脸庞；她张开嘴对着我发笑时，一瞬间脸上堆满了纵横交错的皱纹。她双手戴着两只厚厚的棉手套，一个人看着一辆架子车，车上摆满了各种服装、货品，在木架子上也挂着小商品。

冬季天黑得特别早，当时虽近下午五时，但天色已开始发暗；因为无多少生意可做，不少摊位已开始张罗着收档。郭姨原本也准备回去的，我的到来使她停顿下来。我就问她这个架子车是怎么推过来的？她俨然已是一位老人，又瘦又小，我感到她一个人推拉车应当是很吃力的。她说这里离大召前街不远，每天都是她一个人推过来、拉回去。当时我明显感到她有些孤单，在寒风中更显形单影只。也想到建建、韦韦兄弟二人（因为河河腿脚不方便），感觉他们每天至少应当帮助母亲推拉车。

这是我最后一次见到他们一家人，以后的情况就一无所知了。再后来母亲去过一次，回来说：大召前街要进行整体改造，原来的那些旧院老房等将全部拆掉；加之我忙于上大学、参加工作、成家立业等，再也无心思回旧院探访。直到 2001 年左右（那时我已到深圳工作十年以上），有一次我回呼和浩特市小住，与师范学校旧院里的两个儿时伙伴跑到旧城麦香春吃烧麦，正好那时开始流行起私人买汽车，其中一人就开着一辆破旧的小面的来接送我。餐后闲来无事，都想开着车到哪里去转一转，我就想起了大召前街 11 号旧院，决定一起去看看。

那时，整条街正在拆迁当中，两边的房子已拆了半截，到处都是脚手架，裸露着砖瓦、椽梁等，看上去早已面目全非。我们沿路寻找，真的找到了 11 号旧院的那个地方，但当时临街的西边已拆掉，残垣断壁中仅保留靠东边的几间正房和南房，我仔细辨认方可确定。并且，看上去好像工程处在停止状态，拆了一半的建筑七零八落，满院都是乱糟糟的。我们放慢脚步，小心翼翼地走进这个半截院子，不知里边是否还有人居住。

凑巧得很，就在我们家原来住的那个最东边的小南房里，还住着一家人，仔细一看正是当年我们同住在南房的老邻居——何夫人姐姐家中的老五，即五猫。我们找上门来时，都有些愣生生的感觉，但很快我就认出了他，并且稍迟疑之后，他也认出了我；我们都感到又惊又喜，至少有 30 年未曾见过面了。当时他们一家三口人正围着锅台吃面条（煮的挂面），我这才真正体会到这间房子实在太小了，真想象不出当年我们一家人是怎么居住的。他们的那个儿子足有 1.85 米以上，小炕根本伸不开腿，睡觉时就需要靠着墙在锅台上搭块木板，再把铺盖直接延伸到木板上面。当我告诉他们，这个屋子就是我出生的地方时，我的同伴和五猫他们都面面相觑，似乎觉得有些不可思议。五猫一家人的脸上开始露出笑容，并告诉我们大召前街旧城改造已有时日，但中途却停了下来，听说是因为政府手里也没钱了，等于搞成一个半拉子工程。院子里的人都已搬走，只剩下他们一家还未分到拆迁房，所以仍留守在这间临时的住处等待安置。我说，多亏你们一家人还住在这里，否则我这次来，旧院的人就谁也见不到了。但河河一家搬到哪儿了呢，何大夫家又去了何处（他们是亲戚关系）？他们却一概不知。

返回的路上我常不由自主地陷入思考：史无前例的“文化大革命”结束之后，党中央开始拨乱反正、正本清源，改革开放的政策如沐春风，使中国经济、社会发生了翻天覆地的巨变，与此同时大众的生活水平大幅度提高；但社会底层仍有许多无法触及的地方和人群，像五猫一家，与二三十年前相比，生活似乎并未发生多大的改变。社会上，总是有些能干的人，可以改变自己的生活、命运；但也有许多能力不足的人，他们的生活好像永远都是一样的，总是停滞不前。

那些旧院的老邻居，他们都去哪儿了？这是我们家里常想了解的情况，但却很难找到一个能够有联系的人。

后来，随着个体经济的蓬勃发展，呼和浩特市建起了不少个体经商的“一条街”、大商场等，当时最有名的有“五四大街”和新城区的“百灵商场”，成为人们日常购物常去光顾的地方。有一次父母逛百灵商场的时候，偶然碰到了建建，他正在一个摊位前卖货，能够巧遇十分高兴。从这次邂逅中，父母才知道：大召前街 11 号院拆迁之后，旧院的人全部住进了楼房，相互之间也再无联系；建建和韦韦都从原单位辞了职，自己进货做起了小买卖，并在百灵商场租了摊位。看起来生意做得不错，他们都挣了不少钱。父母说，建建看到他们时，赶紧把一个金戒指戴在手上，故意露出来好让父母能够看到（那时社会上正流行买金戒指、戴金戒指）。他站在那里卖货的姿态和表情，很像当年他父亲在大南街四联商场卖布的模样，母亲说：活脱脱的，真是“有其父必有其子”。

但当时没有手提电话，更没有微信等现代化的通信方式，那次见面也没有留下一个通信地址，以后就再未见到过。为此，父母多少有些遗憾，经常会提起来；并几次到百灵商场试图找到建建兄弟们，却终未如愿碰到。

有关铸锻厂附近居住的旧家，因为住的时间很短，与那里的人交情也不深，所以搬走之后就再未回去过。只是 1986 年左右，我在自治区的机关工作，有一次去工商银行新城支行搞调研，正好赶上他们处理一笔有关铸锻厂的贷款业务，我就跟着支行行长等几个人去了一次。厂方对银行人员很热情，每个人都满脸笑容，迎接到二层的小会议室，诚恳地进行汇报。但工厂的经营管理却十分困难，甚至连工资都快发不出去了，不仅贷款到期难以偿还，而且要求增加新的贷款，至少过春节得让工人们“吃上饺子”；这就是当年有名的所谓“饺子贷款”，上边的确有这样的政策要求。但自那以后没过几年，听说铸锻厂就办不下去了，直至破产倒闭。

姑子板的旧家，我们家搬走之后，虽未曾去看过，但巧的是：1982 年大学毕业后，我被分配到内蒙古计划委员会工作（即后来的发改委），当时的办公地点就是巴彦塔拉饭店北边的那幢新建的六层办公大楼，我们办公室的窗户正对着新华广场，我坐在办公桌前就可以远眺刘清源老师所在的那栋电台大楼。这是一个多么熟悉的周边环境啊，我常不由自主地想起小时候在新华广场附近玩耍的情景，由此感叹人生有多少机缘巧合。

在师范学校家属院住的时间最长，并且我们在这里长大成人，所以对公主府的印象更深，和这里的人联系也最多。有关搬家的事，就是在 1980 年左右，学校又正式给我们家分了住房，即西大门传达室后边第一排最靠西边的那一间，房子的西侧就是高大的西校墙；房子与校墙之间有一块空隙，正好可以自建一间房；这样我们家就变成三间房，自然显得宽敞了许多。但当年我还在北京上大学，并未参与搬家，是父母写信把这个好消息告诉我的。后来盖房时，我的好几个中学同学还专门过来帮忙，发挥了很大作用。

人的一生，既短暂又漫长，一般都会伴随着一次又一次的乔迁；迁着迁着我们就在不知不觉中老去了。尤其是改革开放四十多年来的发展，中国的变化实在太大了，很多方面都超乎我们的想象；一栋栋高楼拔地而起，到处都是新建的住宅小区，我们的居住条件和生活环境不断改善。但与此同时，邻居之间的联系来往却越来越少，人与人之间变得越来越陌生，甚至已形不成旧院、邻居等概念。而这种情况下，对于我们这样走过来的一代人，就愈加怀念旧院及其邻里，往事逐渐成为永恒的记忆。

新一代的人，可能永远找不到我们这样的记忆。

本书写作于2020年新冠肺炎疫情期间，2021年1—8月间，由《呼和浩特日报》分48期连载。